みょん Illust. ぎうにう
男嫌いな美人姉妹を
名前も告げずに助けたら
一体どうなる？
Vol.4

新《しん》条《じょう》亜《あ》利《り》沙《さ》
双子の姉。
主人公・隼人のことが大好きで、
彼に隷属することが夢。
「……ドキドキするわね」

「もっとエッチな写真送ろうか？」
新条《しんじょう》藍那《あいな》
双子の妹。
主人公・隼人のことが大好きで、
彼の子供を産むことが夢。

男嫌いな美人姉妹を名前も告げずに助けたら一体どうなる？4

みょん

角川スニーカー文庫
24115

contents

プロローグ　004
一、久しぶりに祖父母のもとへ　020
二、傍に居ない寂しさは彼女らも　061
三、強くなった母性に少年は戸惑い　103
四、テストに向けて、そして――　145
五、念願の温泉旅行　184
六、カボチャの騎士、再臨　238
エピローグ　275

story by Myon ／ illustration by Giuniu
designed by AFTERGLOW

プロローグ

「後少しでゴールデンウィークだあああああ!!」

ゴールデンウィーク——それは四月の終わりから五月の頭にかけて訪れる大型連休であり、学生や社会人に限らず新年度における初めての連休だ。

世間には五月病なんて言葉もこの時期よく聞くけど、俺は学校に行くことが苦ではないためそんな困った病とは無縁だ。

「ゴールデンウィークだあああ……だあああ……はぁ」

マックスのテンションから一気に下がっていき、果てにはため息が出た。

俺にとってゴールデンウィークというものは嫌なものではなく、今年に限ってはむしろ今まで以上に来ることを待ち望んでいた……だって……だってさぁ!!

「温泉旅行……行けると思ったんだけどなぁ……」

そう、今年のゴールデンウィークには温泉旅行を予定していた。

otokogirai na bijin shimai wo namae mo tsugezuni tasuketara ittaidounaru

大切な彼女たち二人、そしてその母親も一緒の旅行を予定していたが……ちょうど希望していた人気の旅館は既に予約がいっぱいで取れなかったんだ……取れなかったんだよ！

「……はぁ」

二度目のため息と共にガックシと肩を落とす。

彼女たちと付き合ってから初めての旅行だし、俺の中で特別なイベントだったからとても落ち込んだ。

「それに……」

亜利沙《ありさ》と藍那《あいな》、そして咲奈《さきな》さんと温泉旅行……ちょっとだけラッキースケベを期待してしまうのは男子として当然だろ⁉

「……でもなくなっちまった」

そうしてまた俺は肩を落とす。

まあこれから先も彼女たちとの時間は続いていくので、旅行の一つや二ついくらでも出来るだろうし、これを言ったら元も子もないけど俺は彼女たちと一緒に過ごせるだけで楽しいいし幸せになれるのだから、ただのんびりとどちらかの家で過ごしたり近場に出掛けるだけでも全然ありだ。

「……あぁでも、それなら今年のゴールデンウィークは――」

俺の中でどう過ごそうか、その答えが出たのと同時にインターホンが鳴った。

今日は土曜日ということで亜利沙が家に来る予定になっている。

藍那の方は友達と出掛けるということで残念ながら来ないのだが、その分亜利沙が一人で俺を独占するって電話で張り切っていた。

「……ほんと、可愛《かわい》いよなぁ」

彼女たちと付き合い始めてから俺は何度、こう言っただろう。

そんな風に言える相手を持てたこと、そんな相手と一緒に過ごせることに感謝をしつつ俺自身ももっともっと良い男になりたい……それこそ、どれだけ年を取っても二人にそう言われる男になりたいものだ。

「っと、早く行かないと」

あまり待たすわけにはいかないと急いで玄関に向かったのだが、訪問してきたのは亜利沙ではなかった。

「おはようございます。お荷物です！」

「あ、はい」

外に居たのは亜利沙ではなく配達員の人だった。

そこそこ大きなダンボール箱で誰からだと一瞬思ったが、それがすぐに祖父《じい》ちゃんたちが送ってくれたものだと分かった。

「間違いないですね？　ではサインをお願いします」

「うっす」

配達員の若い男性からペンを受け取りサインをする。

そのまま廊下に荷物を置いてもらったところで、ちょうど待ち望んでいた彼女がやってきた。

「おはよう隼人《はやと》君……ちょうどお荷物が届いていたのね」

「あ、おはよう亜利沙」

綺麗《きれい》な黒髪を風に揺らし、落ち着いた服装ではあるものの暴力的なスタイルを何一つ隠せていない……そんな魅力的な彼女の一人――新条《しんじょう》亜利沙が微笑《ほほえ》みながら俺を見つめている。

「……めっちゃ綺麗」

ボソッと配達員の男性がそう呟《つぶや》く。

亜利沙に見惚《みと》れている配達員の様子を見た俺は、そうだろうそうだろうって肩をポンポンしたい気分だった。

「そ、それじゃあ失礼しました～！」

「ありがとうございました」

玄関の扉が閉まる最後まで配達員は亜利沙を見ていたのだが、その直前に亜利沙がチュッと頬《ほお》にキスをしてきた。

俺は配達員の顔を見ていたのでこのキスは不意打ちだったけど、彼の呆気《あっけ》に取られたような表情はバッチリと見えたのだった。

「いやらしい視線ではなかったけれど、ジッと見つめられてしまうと主張はしたくなるでしょう？　私はこの人のものなんだって」

「それで今のキス？」

「そうよ。あれほど分かりやすいものはないものね」

それは確かに……クスクスと笑う亜利沙だったが、彼女はすぐに届けられた荷物へ視線を向ける。

「大きいわね？」

「あぁ。しかも結構重たいぜ？」

よっこいしょ、そう声を出して俺はダンボール箱を持ち上げた。

中に入っているものに関しては予想出来ているけど、その予想を裏付けするかのような重たさだ。

落とさないようにしっかりと力を入れつつ、リビングのテーブルの上に置いて中を確認すると、やはり思った通りの内容だ。

「お米に野菜……お菓子もあるのね」

「祖父ちゃんと祖母《ばあ》ちゃんが送ってくれるんだよ。ほんと……大切にされてるなって思う」

「……お優しいのね」

「マジでな！」

今までに何度か亜利沙や藍那、そして咲奈さんにも祖父母のことは話していて、その度に俺は大変世話になっていることや可愛がられていることを伝えている……本当に、本当に俺にとって祖父母は大切な存在なんだ。

「俺はこれを片付けてしまうから亜利沙はゆっくりしててくれ」

「私も手伝うわ。一緒にやれば早いでしょ？」

「……そうだな。ありがと」

「良いのよ。こういう共同作業っていいわよね♪」

「夫婦みたいって感じ？」

「ええ!!」

ググッと顔を寄せて亜利沙は頷《うなず》く。

決して他の人には見せない裏の顔というと少し違うが、一切の警戒心を抱かない俺にだけ見せてくれる鼻息の荒い表情だ。

(……こんな表情なのに亜利沙の清楚《せいそ》さが失われないの凄《すご》いよな)

大体の人は変顔をしたら文字通り変な顔になるはずなのになぁ……なんてことを考えながらも、亜利沙に手伝ってもらいながら祖父母から送られてきたものを片付けた。

「亜利沙、お茶」

「ありがとう隼人君」

冷たいお茶を喉に流し込み、ソファに背中を預けながらリラックス。

休日の過ごし方は色々あれどこうやってのんびりするのは最高だし、何より彼女と一緒に過ごすというのも更に最高だ。

「なあ亜利沙」

「なあに?」

「亜利沙ってなんでそんなに綺麗なの?」

「……え?」

ごめん、自分でも唐突だとは思ったけど聞いてみた。

案の定問いかけられた亜利沙は突然のことに目を丸くしたものの、すぐにクスッと微笑んで両手を伸ばし俺の頬を包み込む。

瞳からこのまま逃がさないと伝えられているような気分だが、亜利沙の手には一切力が込められておらず、ただただ添えられているだけ……逃げようと思えば逃げられるけど、こんなの逃げる気は起きないだろう。

「どうして私が綺麗なのか、その理由は簡単よ。大好きな隼人君が傍《そば》に居るから——あなたの存在がどこまでも私を女として成長させてくれるの」

ドキッとするのはもちろん、心の隅々まで喜びの感情が広がっていくのがよく分かる……俺、本当にこの子たちが大好きなんだなぁ。

「亜利沙……」

「っ……うん♪」

今度は俺が亜利沙の頬に手を当てると、彼女は一つ頷いて目を閉じる。

そのまま顔を近づけて触れるだけのキスをすると、俺も亜利沙も頬を赤くして微笑み……顔が離れたかと思えば今度は亜利沙がまた顔を近づけてキスが再開された。

「ちゅっ……キスって不思議よね。唇と唇が触れるだけ、たったそれだけの行為なのにどうしてこんなに幸せを感じるのかしら」

「……確かに不思議だよなぁ。キス……キスかぁ」

「キス……キスねぇ」

キスって……どうやって生まれたんだろうなぁ。

俺と亜利沙は一旦触れ合うことをやめ、お互いに真剣な表情でキスの起源について考え始める。

……って、何やってんだよ俺たちは。

「ねえ隼人君」

「うん？」

「想像したことない？」

「何を？」

先ほどの嬉《うれ》しそうな表情から一転……いや、嬉しそうな表情に変わりはないのだが、その中に艶《あで》やかさが混じり込んだ。

「触れ合うだけのキスでこれだけ幸せなのよ？　だとしたらもう一つ上の段階……舌と舌を絡める深いキスはどれだけの幸せを感じるのかしら」

「っ……」

舌と舌を絡める深いキス——俗に言うディープキスだ。

ディープキスってものがどういうものか、それを知らないほどおこちゃまではないし……というより、普段から亜利沙と藍那のエロスに悩まされることも少なくないので、それを想像するし何ならしてみたいと思うことだってそりゃあるに決まってる。

「……流石《さすが》にドキドキしてきたわね」

「う、うん……心臓が凄くうるさいな」

静まれ、静まれと内心で考えても心臓の鼓動は収まらない。

ディープキスなんて話題を出したからか、意図せずに亜利沙の唇に目が行ってしまう……そしてそんな俺に気付いた亜利沙が意味深に微笑み、ペロッと綺麗なピンクの舌を見せてきた。

「試して……みる？」

挑発するような笑みと共に零《こぼ》れた言葉……つい生唾を飲んだ。

ジッと見つめてくる亜利沙を負けじと見つめ返したが……そこで俺のスマホが震えた。

「あ……藍那？」

「……むぅ」

見るからに不満そうな顔をする亜利沙に苦笑し、俺は電話に出た。

「もしもし？」

『もっしも〜し！　おっはよう隼人君！』

耳にキーンと来るほどではないが、かなり大きな声にちょっとだけスマホを耳元から離しそうになった。

電話をしてきたのは藍那——亜利沙の妹であり、彼女もまた俺の大事なもう一人の彼女である。

（……ふぅ、助かったぜ藍那）

あのまま雰囲気に流されていたらどうなっていたか……決して悪いことではなく良いことに違いはないけれど、それでも藍那には感謝だ。

「どうしたんだ？」

『えっとねぇ〜。昼過ぎには解散する流れになりそうだからさ〜、それからそっちに行こうかなって思うんだけど』

「許可なんて要らないからおいで」

『……その優しい言い方、キュンと来たかも♪』

別に普通の言い方だった気もするが……。

電話の向こうから友人たちに相手は誰だと詰め寄られていたのを最後に切れてしまったが、昼過ぎには姉妹が揃《そろ》うらしい。

「……今日一日、ずっと独占出来ると思ったのに」

「あはは……」

さっきの不満顔から察するに、あの時点で亜利沙はこうなることが分かっていたのかもしれないな……でも俺からしたら嬉しいことなので、やっぱり笑みが零れてしまう。

「ごめん亜利沙。俺は嬉しいや」

「……分かってるわよ。別に私だって嫌ではないわ……だから藍那が来るまでいっぱい独占するから！」

ドンと胸元に飛び込んできた亜利沙を受け止めた。

それからしばらくその状態が続いたのだが、ふと亜利沙が思い出したように口を開いた。

「そうだったわ。ねえ隼人君」

「うん？」

「予定していた温泉旅行についてなのだけれど、五月に定期テストがあるじゃない？　それが終わった後に予定しようと思っているわ」

「お……おぉ！」

「隼人君ったら凄く残念がってたものね。ふふっ、そんなに私たちと温泉に行きたかったの？」

挑発するようなその言葉に、俺はドキッとしながらも頷く……ここで隠したところで意味はないだろうからな。

「その……色々な意味で楽しみにしていました」

「分かっていたわよ。でもね？　それは私と藍那、そして母さんも同じよ。隼人君と思い出を作りたい……楽しい時間を過ごしたいって気持ちは強いんだから」

亜利沙たちも楽しみにしていた……分かっていたけど、同じ気持ちだったというのは凄く嬉しいことだ。

「ちなみに俺さぁ、情けないことに温泉旅行の延期を嘆いてたわ」

「あら……」

もうね、全部言っちゃうよ俺は。

俺の言葉に亜利沙は一瞬キョトンとしたものの、すぐに肩を震わせて笑い出す……えっと、そんなにおかしかったかな？

「いきなりごめんなさい。残念に思ったのは私も同じ……けれど藍那はそれ以上に凄く残念そうにしていてね」

「そうなの？」

「そうなのよ。延期が正式に決まった瞬間、あの子ったらご近所に聞こえるかもしれないぐらい大きな声で……あ、問題にしようかしら。なんて言ったと思う？」

「……ふむ？」

俺は一旦亜利沙から離れ、腕を組んで考える。

藍那が言いそうなこと……色々と候補は頭に浮かぶけど、これだと確信を持って言えるものの候補は絞れない……何だろう？

答えを促すように亜利沙を見つめると、彼女は教えてくれた。

「隼人君にエッチな悪戯《いたずら》とか色々考えてたのに！　気持ちももう入ってたのにこんなのってないよ！　って感じね」

「…………」

気持ちが入るほどのエッチな悪戯って何さ⁉

……藍那が何をしようとしていたのかは気になるとして、取《と》り敢《あ》えずは定期テストの後に温泉旅行に行くとのことなので、今はそれを心待ちにしようじゃないか。

「今まで以上にテストに身が入りそうだなぁ……俺自身、将来のためにも更に頑張らないと」

「もちろん一緒にお勉強するわよね？」

「いいのか？」

「もちろんよ。一緒に頑張りましょう」

俺って本当に単純だなと苦笑する。

まあ確かに年頃の青少年としてはエッチなイベントに期待するのはもちろん……それはもちろんだけど！

でもそれ以上にみんなと思い出に残る旅行にしたい……これから思い出なんてものはたくさん作っていくことになるだろうけど、その中の一つとしていつでも思い出せる幸せな時間を俺は作りたい。

「……ははっ」

「……ふふっ」

亜利沙と見つめ合うと自然と笑みが零れ、俺たちはまた身を寄せ合う。

「あ、そうだわ」

「どうした？」

「ゴールデンウィークの予定が空いちゃったわけだけど、隼人君はどうするの？」

「あ、実はさ――」

元々伝えるつもりだったけど、まずは亜利沙に伝えておくことにしようか。

「連休に入って数日は祖父母の所に行こうと思ってるんだ」

今年のゴールデンウィーク序盤は祖父母との時間を大切にしたい。

それは亜利沙ももちろん、昼過ぎからやってきた藍那も喜んで賛成してくれたことだった。

一、久しぶりに祖父母のもとへ

その日、俺はバスでそこそこの距離を移動していた。

今日はゴールデンウィーク初日……そう、俺は祖父母のもとへ向かっていた。

「……ふわぁ」

長く乗り物に揺られていると眠たくなってしまうのだが、最悪の展開として寝過ごしてしまったせいで目的地に降りられない……なんてことは流石に困るので寝ることには抵抗がある。

「……ふわぁ」

あぁマズイ……この眠気は非常にマズイぞ。

適当にスマホでゲームでもしながら眠気を誤魔化《ごまか》そうか、なんて考えていた時だった。

「……うん？」

いつも友人たちの間で使っているグループチャットに突然、こんな書き込みがされたのである。

『お祖父さんとお祖母さんと楽しく過ごせよ！』

『きっと向こうもお前を待ってるだろうからさ！』

それぞれ親友の颯太《そうた》と魁人《かいと》からのメッセージだ。

実を言うと昨晩のそこそこ遅い時間まで三人で通話をしていたのだが、その時に今日のことは伝えていた。

今までにも祖父母から良くしてもらっていることは話していたし、うちの家庭事情を知っている二人だからこそ、久しぶりに会うんだから是非楽しんでこいと言われてもいた。

「ったく……いちいち嬉《うれ》しいことを言ってくれる親友たちだよ」

まずはお礼と、そしてしっかり楽しんでくるぜと返事をしておく。

そこまで長いやり取りではなかったけど、親友たちのおかげで若干眠気は吹き飛び外の景色を楽しむ余裕が出来た。

そこで今度はまた別のメッセージが届く。

「……藍那《あいな》？」

親友たちの次にメッセージをくれたのは藍那だった。

亜利沙《ありさ》や藍那とも昨晩にやり取りをしており、今日の朝になって出発する時にも気を付けてとメッセージをくれたんだが……はて、何だろうか。

「……っ!?」

それを見た瞬間、俺はあまりにも分かりやすく肩を震わせる。

よく驚きで大きな声を出さなかったと自分を褒めたいくらい……それだけメッセージと共に送られてきた一枚の写真が凄《すご》かった。

「こ、これは……っ」

それは藍那の自撮りだった。

ペロッと舌を出してこちらを挑発するかのような表情……可愛《かわい》らしくもあるが、やはりエッチな雰囲気が前面に押し出されている。

表情だけ見ればこういう感想が出てくるわけだが、問題は彼女が着ていた服にあった
――これ、俺が彼女たちの家に置いているシャツだ。

(これ……彼シャツってやつだよな?)

下着の上に俺のシャツを着ながら、ピースサインを作っての自撮り……シャツのボタンは掛けられておらずはだけているので、その豊満な胸の谷間が見事にこんにちはしている
……不覚ながらこの写真、胸にしか目が行かない。

これ一枚だけで藍那の胸はとても大きく、そして柔らかいというのが伝わってくるのだ

から恐ろしい……しかも俺はこの胸に触れたことがあるのでそれを容易に想像出来てしまう。

『電話はもちろんするけど、これで会えない寂しさを紛らわせてね。物足りなかったらもっと際どいの送るけど～？』

もっと……？　もっとだって……？

俺はしばらくどう返事をしようか迷うほどに、この素晴らしい一枚の写真に釘付《くぎづ》けになってしまった。

（……いやいや、こんなのジッと見ちまうに決まってるだろ⁉　つうか眠気が一気に吹き飛んだわ！）

こんなエッチな自撮りの前には俺の眠気なんて雑魚《ざこ》同然だった。

写真越しでなくとも彼女たちのエッチな瞬間は何度も目撃しているようなものだけど、こうして写真という形で見るのもまたちょっと違うんだなぁ……うん、凄くエッチだ。

「えっと……あ～……う～ん……なんて返事をしよう」

ありがとうと返せばいいのか、全く触れずに別の話題で返すのか……俺はしばらく考え続け、それはバスが目的地に着くまで続いてしまった。

「……ははっ、どんだけ悩んでんだよ」

まあでも、眠気を吹き飛ばしてくれただけでなく退屈な時間を奪ってくれたこの一枚の写真には感謝だ。

「よし、これでいいか」

最高にエッチで最高に可愛い写真をありがとう、そう返事をした。

するとすかさず藍那からの返事が届く。

『うん！　ねえねえ、他の写真要らないのぉ？　隼人《はやと》君の要望ならどんな写真だって送るよ？　それこそ大事な部分を一切隠さずにね！』

俺はその文を見た時、一瞬鼻の穴が大きくなったのを感じた。

流石《さすが》に今の顔を見られてないよなと、俺はそれとなく周りを見たがこちらに視線を向けている人は居なかったので一安心だ。

「さ〜てと、こっからは歩きだな」

ここからは歩きで祖父母の家へと向かう。

俺が普段住んでいる場所よりも田舎《いなか》色の強い場所なので、周りには田んぼなんかも多い。

「……サプライズとはいえ、祖父《じい》ちゃんたち家に居るかな？」

それだけが不安だが……というか、サプライズなんて変に凝ったことをせずに普通に連絡すれば良かったなと思わなくもない。

まあどっちにしてもなるようになるかと俺は考え、そのまま寄り道をすることなく祖父母の家へと着いた。

「久しいなぁ」

前に来た時からどれくらい経《た》ったっけ……そんな感慨深さがあった。

両親と住んでいた家に比べ、当然ながら祖父母の家は年季が入っており風情のようなものを感じさせる。

洋ではなく和よりの家なのだが、数年前に改築したのもあって見た目よりもしっかりしている。

「……さてと、行くとするか！」

どんな顔をするだろうという期待を胸にインターホンを押した。

それからしばらく待っているとガチャッと音を立てて扉が開き、顔を見せたのは優しい雰囲気を漂わせるお婆《ばあ》さん……そう、祖母《ばあ》ちゃんだ。

「はい、どな……た……？」

「よお祖母ちゃん。突然でごめんな！」

俺を見て目を丸くした祖母ちゃんの様子に構うことなく、片手を上げてそう言った。

祖母ちゃんは俺の頭から足先まで二度ほど視線を行ったり来たりさせた後、呆然《ぼうぜん》としていた表情をすぐに柔らかなものへと変化させ、腕を広げて俺を抱きしめた。

「まったく……いきなりすぎるでしょうに――おかえり隼人」

「へへっ……ただいま祖母ちゃん」

数ヶ月会わない間に皺《しわ》が少し増えたかなと、そんなことを考えていると軽く肩を叩《たた》かれた。

「今、何か失礼なことを考えてなかったかい？」

「……何のことかな」

俺は必死に表情を取り繕うようにして誤魔化す。

どうやら女性というのは、どの年齢においても勘が鋭いらしい。

「可愛い孫を虐《いじ》めるのはこの辺りにしようかねぇ。ほら隼人、お茶を出すから早く入りなさいな」

「うん。ありがとう祖母ちゃん」

……あぁ、本当に懐かしいというか……嬉しくなっちまうな。

祖母ちゃんの言葉の端々から感じる優しさと温《ぬく》もり、何年経っても変わらない愛情はいつだって嬉しくなる。

ニコニコと嬉しそうにする祖母ちゃんに連れられ居間に入ると、祖父ちゃんの姿がなかったので聞いてみる。

「祖父ちゃんは？」

「近所の人たちとゲートボールをしに行ってるよ」

「へぇ、やっぱ祖父ちゃんは元気だな」

「あら、おばあちゃんは元気じゃないってこと？」

「そういうことじゃないっての……つうか祖母ちゃんさ、久しぶりだからって楽しそうに揚げ足を取らないでくれ？」

「ごめんなさいねぇ」

ま、祖母ちゃんが楽しそうにしてくれるなら全然いいけどね。

氷の入ったコップへ注がれた麦茶を受け取り、旅路の疲れを癒やすかのように喉に流し込む。

「……ぷはぁ！　キンキンに冷えた麦茶最高だぜ！」

「いい飲みっぷりだね。お代わりは？」

「大丈夫、ありがと祖母ちゃん」

「何でも言っておくれ。隼人がこっちに居る間は何一つ不自由をさせるつもりはないからね」

あはは、祖母ちゃんちょっと張り切りすぎじゃないか？

俺が来たのがそんなに嬉しいのかって調子に乗っちゃうけど、祖母ちゃんの場合はきっとそうなんだろうなぁ。

「祖母ちゃんさ」

「なんだい？」

「突然だったけど、俺が来たことそんなに嬉しいの？」

「当たり前じゃないか。いつだって隼人が来てくれるのは嬉しいよ」

不覚にも……いや、別に不覚ではないけど涙が出そうになった。

最近は亜利沙や藍那、そして咲奈《さきな》さんたちと過ごすことが増えて俺は彼女たちからの愛を一身に受けている……でも、祖母ちゃんも祖父ちゃんもずっと変わらずに俺のことを考えてくれているんだ。

俺……本当に幸せ者だよ。

「ふふっ、隼人は少し雰囲気が変わったね？」

「え？　そうかな？」

祖母ちゃんは頷《うなず》く。

「隼人からもそうだけど、咲奈さんから色々と話は聞いてるからね。以前に比べて隼人が楽しそうにしているのも、笑顔が可愛くなったのも彼女たちのおかげなんでしょう」

どうやら久しぶりに会った祖母ちゃんでも分かるくらいに、俺の身に起きた変化は分かりやすいみたいだ。

俺は優しく見つめてくる祖母ちゃんに頷き、胸を張るようにして口を開いた。

「自分がどんな風に変化したのか、それを自分で説明するのも変だけど本当に変わったと思う。元々俺のことを気に掛けてくれた友達の存在ももちろん大きいんだけど……亜利沙や藍那、そして咲奈さんと出会ったのがあまりにも大きかったかな」

「そうだろうね。隼人が新条《しんじょう》さんたちの話をする時は、いつも声のトーンが変わるくらいだから」

「……そんなかな？」

「とっても分かりやすいねぇ。それだけ大好きって気持ちが伝わってきて聞いてる私も楽しくなるよ」

「……そっか」

ちなみに、祖母ちゃんも祖父ちゃんも俺たちの関係性を詳しい部分までは知らない。

俺が彼女たちに良くしてもらっていることは知っていても、亜利沙と藍那という二人の女の子を彼女にしていることまでは……それに関しては友人たちと同じだ。

「それで、こういうことを聞くのは野暮《やぼ》かもしれないけど……娘さんのどっちかと良い仲なんじゃないのかい？」

……だからこういう問いかけをされると困るんだよなぁ。

とはいえ祖母ちゃんも無理に聞こうとしているわけではなさそうで、深く考えなくていいと言って笑った。

「ったく……」

「ごめんねぇ。久しぶりだから隼人が可愛《かわい》くて可愛くて」

「……まあいいけどさ」

先ほどの質問はともかく、この空気が本当に懐かしいよ。

新条家のみんなと一緒に居て感じる温もりと同じ……けれど、幼い頃から培ってきた祖父母との繋《つな》がりはやっぱり強いんだなと改めて思う。

「っとそうだ。三日くらいはこっちに居ようと思うんだけど大丈夫？」

「もちろんだよ。三日と言わず、連休中はずっと居てくれてもいいんだけれどねぇ？」

「あはは……一応、後半は新条家のみんなと過ごすって約束してるから」

おそらく今から亜利沙たちに連絡をしても、俺がそうしたいならそうしていいと言ってくれるはずだ……俺としてもそう言ってもらえるのは凄《すご》く嬉《うれ》しいし、祖母ちゃんが言ったように連休中ずっとここで過ごしたい気持ちもないわけじゃない。

（でも……電話じゃ見えないはずなのに、彼女たちの表情が分かってしまうんだよな）

付き合っているからこそ分かることがある——声のトーンだけで、亜利沙と藍那が喜んでいるのか、それとも寂しがっているのかが分かるのだ。

それだけ二人と心を通わせた証《あかし》と言えばそれまでだが、だからこそ俺は二人の彼氏として……一人の男として、彼女たちの傍《そば》に居たいって思うんだよ。

「なんだい、凄く寂しそうじゃないの」

「そ、そんなことは……あるけどさ」

素直に認めると祖母ちゃんはクスクスと微笑《ほほえ》む。

「隼人をそこまで変えてくれた人たちだもの、いずれ会いたいものだね」

「必ず会ってくれよ。本当に良い人たちだから」

いずれ必ずその時は来ると思っているし、何ならこの機会にみんなを連れてきても良かったかなとは思ったんだが、まあ久しぶりだし今回は一人で来ることにした。

「祖父ちゃんとかこっち来る気満々だし、会いに来なよ」

「そうだねぇ。その時を楽しみにしてるよ」

祖母ちゃんも祖父ちゃんも彼女たちと電話越しではあるけど話したこともあるし、きっと今よりすぐ仲良くなれるはずだ。

「しかしあれだね。さっきの隼人は香澄《かすみ》によく似ていたよ」

「え？」

「香澄も彼方《かなた》さんと付き合い始めた頃、離れている時はさっきの隼人みたいな顔をしていたからね」

「……へぇ」

香澄というのは母さん、そして彼方は父さんだ。

俺の中で鮮明に残る記憶としてはやはり、父さんが亡くなってからの母さんの姿だ。

(そっか……母さんもやっぱりこんな気持ちを抱いてたんだな)

母さんの血が半分流れているから、そう思うと凄く納得した。

彼女たちが傍に居ないのはほんの数日程度……それなのにこうして寂しくなることに情けなさはあるのだが、親子の繋がりをこういう部分でも感じられたのは嬉しかった。

寂しいものは寂しい、けれどせっかく祖母ちゃんたちに会いに来たんだからそんな顔をするのはやめだ！

「ま、せっかく帰ってきたんだしここ数日は祖母ちゃんたちのことだけ考えよっかな！ということで！」

俺は立ち上がり祖母ちゃんの背後に立ち、肩に手を置く。

「おや、肩を揉《も》んでくれるのかい？」

「おうよ。ていうか、祖母ちゃんたちと会ったらいつもやってるだろ」

「そうだねぇ。今となっては時々だけど、隼人に孝行されるのは嬉しくなるもんだよ」

これくらいのことで祖母ちゃんがまた喜んでくれるならいつだってやってあげるさ。

そんな風に祖母ちゃんとのんびり過ごしていると、玄関の方から聞き覚えのある声が響いた。

「儂《わし》ももう歳《とし》なんだが随分と頑張ったのぉ。帰ったぞ〜」

聞き覚えというか祖父《じい》ちゃんである。

ゲートボールの帰りということで、少し疲れたような声だったけど、電話する時と何一つ変わらない声音に安心する。

玄関に見なれない靴があって気付かれる可能性もあったけど、どうやら祖父ちゃんは気付かなかったようだ。

「隼人」

「うん？」

「おじいさん、隼人が居ることに驚いて倒れないといいけれど……」

「そんなそんな。そんなことあるわけ――」

ないと思いたいけど、確かに祖父ちゃんのことだ。

驚いて足元を崩し、そのまま倒れて頭を打って救急車のお世話になるなんて未来が容易に想像出来た……ま、まああり得ないって！

変にドキドキするのを堪《こら》えるように、俺は静かに祖父ちゃんが現れるのを待つ。

「ばあさんや、偶《たま》には出迎えてチューくらいは――」

チューって……祖父ちゃんってこんなキャラだったっけ？

とはいえ居間に現れた祖父ちゃんは俺の存在を認識した瞬間、目を丸くして立ち止まる。

「は、隼人か……？」

「うん。ただいま祖父ちゃん」

目の前に居るのが信じられないと、そう言わんばかりの様子にそこまでかなと苦笑する。

さて、そんな風に苦笑した俺だったが……祖父ちゃんは一歩足を下げ、そしてそのまま体勢を崩し……ってえええええええ⁉

「祖父ちゃん⁉」

「は、隼人が居るじゃと⁉　な、何が起こっとるんじゃ〜〜‼」

あのまま倒れたらカーペットが敷かれているとはいえ、頭を打つようなことがあったら大惨事だ。

俺は瞬時に祖父ちゃんの体を支えるために駆け寄ったのだが……それは無駄足だったらしい。

「耐えた」

「…………」

何事もなかったかのように体勢を整えた祖父ちゃん……してやったりな顔をして呟《つぶや》かれた一言に、俺は凄《すさ》まじいほどに脱力する。

「……何驚かせてんだよ！」

「ほほほっ！　久しぶりに孫に会えたからのぉ！　ここはオーバーリアクションとやらで驚かせてやろうと思ったんじゃ」

「……ったく、祖父ちゃん、歳を考えてくれ？　俺、ま～じでビビったんだからな？」

「すまんすまん！」

心底楽しそうに笑った祖父ちゃんは、スッと手を伸ばして俺の頭に置いた。

「よく帰ってきたのぉ」

「……うん」

「おかえり隼人」

「ただいま祖父ちゃん」

……この感覚、本当に懐かしくて嬉しくなるよ。

汗を掻《か》いて帰ってきたということで、シャワーを浴びてから祖父ちゃんも会話に加わった。

「それじゃあ祖父ちゃん、今日から三日ほどよろしく」

「うむ。是非ゆっくりしていっとくれ」

祖母《ばあ》ちゃんに話したのと同じことを祖父ちゃんにも伝えると、心から歓迎してくれた。

まあ俺としてはここで特別何かやりたいことがあるわけじゃないが、こっちに居る間は祖父ちゃんたちの手助けになるようなことはしたいと思っている。

「しっかし、しばらく見ない内に隼人も立派になったもんじゃ」

「そうかな？」

「雰囲気というのかのぉ……一皮剝《む》けたように思えるわい」

「…………」

しみじみと祖父ちゃんはそう言ったのだが、やっぱり昔から良くしてくれた相手にこう言われると嬉しくなる。

それから昼食の時間まで祖父ちゃんたちとの会話は止まらず、食事の最中ですら勢いは止まらなかった。

「……ふぅ」

まあそんな風にお喋《しゃべ》りを楽しんだ後、忘れかけていた眠気が一気に襲い掛かってきたので、一眠りすることにした。

「しっかり休みなさいね」

「うん。ありがとう」

用意された部屋は俺が来た時にいつも使う部屋で、嬉しいことにすぐ寝転がれるくらいに綺麗《きれい》だった。

というのも……その、ちょっと照れてしまうんだが。

この部屋はいつ俺が帰ってきても大丈夫なように、祖母ちゃんが欠かさず掃除をしているとのことで……こんなの嬉しくなるに決まってるじゃん。

「……っとそうだ」

ひんやりとした畳の上に寝転がったわけだが、眠ってしまう前に亜利沙と藍那にメッセージを送っておこう。

「無事に着いて楽しくしているよっと……」

返事を待った方がいいかなと思ったものの、俺は襲い掛かる眠気に抗《あらが》えなかった。

▼▽

それは懐かしい夢だった。

俺が小さかった頃……それこそ両親が存命であり、その傍には祖父母の姿がある時の記憶だ。

「ほら隼人、行くぞ〜！」

「うん！」

「頑張って隼人！」

「儂らの孫だぞ⁉　隼人が打てないわけなかろう！」

「ちょっとおじいさん、あまり興奮しないでくださいな？」

幼い俺はバットを手に父さんが投げてくるであろうボールを構えて待っている、そんな俺たちの姿を母さんと祖父母が見守っている。

果たしてこんな光景が実際にあったかなと考えてしまうけど、懐かしく感じるということはあったことなんだと思うことにしよう。

（……みんな、笑顔なんだな）

まあそれもそうかと一人納得する。

この頃の俺は父さんの実家のことなんて知らなかったし、何よりこの温かな空間は永遠に続くものだと思っていた。

決して誰かが欠けるなんてことも、両親が居なくなるなんてことも全く想像なんてしちゃいなかった。

「うおおおおおお流石《さすが》じゃ隼人！」

そんな祖父ちゃんの大きな声に、俺は意識を戻す。

幼い俺は上手《うま》い具合にボールを打ち返すことが出来たらしく、父さんは胸に矢を受けたかのようなリアクションをして膝を突き、母さんがキャッキャと喜びながら俺に駆け寄ってくる。

「凄《すご》いじゃないの隼人！」

「うん！　父さんのへなちょこ球なんて余裕だよ！」

「は、隼人ぉ……」

「あっはっはっは！」

「……無意識に刺す言葉、香澄の血だねぇ隼人」

いやいや、母さんはそんなこと……まあ分かんないけどさ。

目の前で繰り広げられる光景は赤の他人から見ても微笑《ほほえ》ましい光景というか、決して邪魔したくないものなのは確かだろう。

俺だって邪魔をしたくない……でも少し、寂しいと思ってしまう。

(……それだけ……それだけ俺は両親が大好きだったんだよ)

なあ……なんで居なくなったんだよ。

そう言いたくもなるけどここはグッと我慢する……これが現実ではない夢だと分かっていても、俺はそれを口にすることはない。

気持ちを落ち着かせるために深呼吸をすれば、途端に心を覆っていたやるせなさは消えていき、これからに目を向ける自分自身の姿を客観的に見つめ直し、考えた。

俺には今、傍《そば》で見守ってくれる人たちが居る……守りたいと、大好きになった人たちが居る。

(決して過去を忘れるつもりもなければ捨てるつもりもない。過去を胸に秘めながら、今という瞬間を楽しんで生きてやるさ!)

だから母さん、そして父さんも見守っててくれ。

そして時々でいい……俺が寂しそうにしていたり、泣きそうな時だけでいい——こうしてまた、俺の夢に出てきてくれよな。

▼▽

「隼人や」

「っ⁉」

トントンと肩を叩《たた》かれ、俺は驚いたように上体を起こす。

寝起きの覚醒しきっていない頭ではあったが、視線の先に立つ祖母ちゃんを見て俺はボソッと呟く。

「なんで祖母ちゃんが居るんだ？」

「寝ぼけてるねぇ。隼人はここに今日帰ってきたんだよ？」

「……あ、そうだったわ」

祖母ちゃんの言葉で全てを思い出す。起こしに来てくれたということは風呂の時間かな？

「風呂？」

「そうだよ。行っておいで」

「分かった……って、起こしてくれたら風呂掃除くらいしたのに」

「随分眠たそうにしていたからねぇ。それに今起こすのでさえ躊躇《ためら》うくらいに熟睡してたから」

そうだったのか……まあでも、そう見えていたのなら良かったよ。

(両親の夢だったし、寝ている間に涙を流してたりしても全然おかしくはなかっただろうからな)

仮にそんな姿を見られていたら絶対に心配させてしまう。

今回せっかく帰ってきたのに、どんなに小さなことでも祖母ちゃんや祖父《じい》ちゃんの表情を曇らせたくはないのだから。

「じゃ、風呂行ってくるよ」

「ゆっくり温まっておいで」

「うっす〜」

部屋から出て脱衣所に向かい、服を脱ぐ途中でそういえばと寝る前に亜利沙たちへメッセージを送っていたことを思い出す。

「……ま、上がってから確認すればいいか」

返事がまだない可能性もあるしなぁ……って、その可能性は薄い。

何故《なぜ》なら基本的に夜中だったりの特殊な時間帯を除き、俺がメッセージを送ると三十分以内には必ずどちらも返事をくれるからだ。

「よしっ！　ササッと温まって上がるぞ！」

シャワーだけで浴びてとっとと上がっても良かったんだが、せっかく風呂を沸かしてくれたのだから湯船に浸《つ》からない選択肢はない。

頭と体を洗った後、肩までお湯に浸かるとまるで今日の疲れが全て吹き飛ぶかのような気持ち良さに包まれる。

「……あ～♪」

風呂って……なんでこんなに気持ちいいんだろうなぁ。

普段住んでいる家の風呂や、新条家の風呂、そしてこの祖父母の家の風呂……湯船に浸かるという行為は同じなのに、この瞬間は場所がどこでも癒やされる。

「……温泉」

おっとっと、連想して延期された温泉を思い浮かべてしまった。

いくら残念だったとはいえテスト後に行くことは決まったのだから、いつまでもウジウジするんじゃないぞ隼人。

俺はそう自分に言い聞かせ、浴室を後にした。

上がったことを祖父ちゃんたちに伝え、すぐに部屋に戻ってスマホを確認するとやっぱり二人から返事があった。

『楽しそうで良かったわ。でも……我儘《わがまま》を言うならその楽しみを共有したかった気持ちはあるわね。もし良かったら、いずれその機会を作ってもらっても良いかしら？』

『そっか！　隼人君が楽しくしてるなら凄く嬉《うれ》しいよ！　でも……でもやっぱり隼人君が居ないのは嫌かな。ごめんね……でもあたしは伝えちゃう。隼人君が居ないと寂しいってね！』

　二人からのメッセージを嬉しく思いつつ、気付くのが遅くなったことの謝罪と一緒に返事をする。

　それから間髪を入れずにまた返事が届いたのだが、藍那が夜に電話をしようと書いていたので、今度はすぐに分かったと返事をした。

「取《と》り敢《あ》えずこれで良しっと。じゃあ飯の準備を手伝うか」

　台所に向かい、夕飯の準備をする祖母《ばあ》ちゃんを手伝う。

「おや、随分と手際がいいんだね？」

「まあね。たった数ヶ月だけど成長するもんさ」

「これは頼りになるねぇ。まあ私としては、こうして隼人と料理が出来るのを嬉しく思うよ」

「俺もだよ祖母ちゃん」

とはいえ、新条家に行った際に料理を手伝うことがちょくちょくあるからこのスキルが身に付いたのもある。

今日の献立は豚カツや肉じゃが、サラダなんかもあってかなり豪華だ。

たぶん俺が帰ってきたから急遽《きゅうきょ》こうして用意してくれたんだとは思うけれど、祖母ちゃんの作る料理は本当に美味《おい》しいから楽しみだ。

「祖母ちゃんの料理大好きなんだよ。変に手伝って不味《まず》くならないように気を付けるわ」

「何を言ってるんだい。隼人が手伝ってくれる優しさが最高の隠し味になってくれるだろうし、きっと絶品になるよ」

「……祖母ちゃん」

「こういうことを言って私はおじいさんを射止めたんだよ隼人」

「流石だぜ」

なるほど……勉強になるぜ祖母ちゃん！

料理に関してほとんど祖母ちゃん主導ではあったが、徐々にテーブルの上に料理が並んでいき……そして完成した。

「美味《うま》そうじゃな！」

「隼人が手伝ってくれたからいつも以上に美味しいわきっと」

「ほとんど祖母ちゃんだけどね作ったのは」

なんというか、久しぶりだからか祖母ちゃんがとにかく俺に甘い。

そのことに気恥ずかしさを覚えるのだが、どうやら甘いのは祖母ちゃんだけじゃなかったみたいだ。

「そうかそうか！　ならたくさん食べて隼人の優しさを感じるとしようかのぅ！」

「オーバーじゃない？」

「何を言うとる。可愛《かわい》い孫が料理を作ってくれた……儂《わし》はそれがもう嬉しくて嬉しくて涙が出そうじゃわい」

……ったく、だから祖父ちゃんも甘すぎるっての！

二人の言葉に調子を乱されながらも、夕飯の時間が幕を開けた。

「いただきます！　……あむ……うんま！」

俺が一番に箸を付けたのはもちろんメインの豚カツだった。

美味い美味いと言いながら食べる俺だったが、そんな俺を祖父ちゃんと祖母ちゃんは優しい眼差《まなざ》しで見つめてくる。

「いいもんじゃなばあさんや」

「そうですねおじいさん」

「二人とも、俺を見るより食べなよ」

ジッと見られるのは恥ずかしいしさ……。

それから祖父ちゃんと祖母ちゃんも食事を始め、久しぶりの祖父母との食事はそれはもう盛り上がり、ここまで盛り上がることはおそらく新条家でもなかったかもしれない。

まあ家族との時間なので比べることもないかもしれないが、本当にそれだけ盛り上がった。

「ご馳走様《ちそうさま》でした！」

食事を終えてからもしばらくお喋《しゃべ》りは止まらなかったが、ゲートボールの疲れがまだ残っていたのか祖父ちゃんは早々にダウンした。

まだ話し足りないと言いながら部屋に消えていく祖父ちゃんの姿に、俺と祖母ちゃんは肩を揺らすほど笑った。

「それじゃあ片付けをしようかね」

「手伝うよ」

「隼人ももう休みなさいな。私一人で大丈夫だよ」

「二人でやったらすぐだろ？　ほらほら、とっととやるぞ祖母ちゃん」

二人でやれば皿洗いもすぐに終わり、俺も祖母ちゃんも部屋に戻るのだがその途中でのやり取りだ。

「なあ祖母ちゃん」

「なんだい？」

「俺、やっぱりいつ来てもこの家が好きだって思うよ」

「……ふふっ、そうかい」

「ありがとう」

「何を言ってるんだい。お礼を言うのは私たちだよ——隼人、帰ってきてくれてありがとうね」

っ……やっぱり恥ずかしいな。

俺は誤魔化《ごまか》すように一度二度と咳払《せきばら》いをした後、祖母ちゃんにおやすみと伝えて部屋に戻った。

「……ふぅ」

今日は……そうだな。

今日という一日を一言で表すなら間違いなく最高だった。

「本当に良かったな」

サプライズなどと言って帰ってきたわけだが、祖父母の喜ぶ顔を見られたのは本当に良かったし、あんな風に歓迎してくれて凄《すご》く嬉しかった。

こっちには三日泊まる予定……初日でこんなに楽しく過ごせたのだから、残りはどんな風になるんだろうと楽しみで仕方ない。

「寝る前に藍那と電話する約束だし、先にトイレに行ってこよっと」

話を遮りたくはないし、彼女との話に集中出来るように準備は万端にしておこう。

既に祖母ちゃんも寝たらしく、家の中は静寂に満ちている。

たとえ静かであっても寂しさを一切感じないことに笑みを浮かべ、俺はトイレを済ませて藍那からの電話を待つのだった。

▼▽

『それで祖父ちゃんが倒れるフリをしやがってさぁ。オーバーリアクションだとか言ってドヤ顔をしたんだぜ？』

「そうなの？　あたしもその場面見たかったぁ！」

夜になり、待ち望んだ隼人君との電話タイム！

本当ならスピーカーにして姉さんも一緒になって考えていたんだけど、ちょっと隼人君を独り占めしたくなったのでこのことは伝えていない。

この場に居なくて彼と触れ合うことは出来ないけれど、今この瞬間の隼人君はあたしだけの男の子なの。

(隼人君……凄く楽しんでるようで良かった。でもその楽しさをあたしたちが提供出来ないのはもどかしいけれど、それだけ素敵な環境ってことなんだよね)

こうなってくると、あたしも隼人君のお祖父《じい》ちゃんとお祖母ちゃんに会いたくなってきちゃうなぁ……仲良く出来るかなぁ？

『ご飯はもちろん美味しかったけど、祖母ちゃんと一緒に作ったんだ。藍那たちと過ごす中で料理の手伝いとかちょくちょくしてただろ？　それでいつの間にか上手《じょうず》になったって驚かれたよ』

「それは良かったよ♪　でもあたしは基本的に隼人君にはのんびりしてほしいけど、隙を見つけて手伝ってくれるもんねぇ」

『その言葉に甘えてのんびりしていることの方が多いだろ？　でもやっぱりジッとしていられない時ってあるからさ』

もう……そういうところが隼人君は優しいんだよ！

きっとこのことに優しいって伝えても、隼人君は普通のことをしているだけって言って認めないいんだろうなぁ……そういうところも素敵！

「隼人君、凄く声が弾んでるよ」

『あはは……それだけ楽しんだってことなんだろうな』

「なんかジェラシー感じちゃうなぁ。あたしたちと一緒に過ごすよりも楽しそうじゃない？」

なんて、ちょっと意地悪なことを聞いちゃうもんねぇ。

あたしの思った通り、隼人君はどう答えれば良いのか迷った様子で言葉を詰まらせている。

あたしたちと過ごす時間もそうだし、そっちで過ごす時間も比べられないほどに掛け替えのないものだって考えてるんだよね？

「ふふっ、ごめんね隼人君。ちょっと意地悪なこと言っちゃった」

『いや、謝ることはないけどさ。まあでも比べられないな……俺にとってどっちも楽しくて幸せな場所だから』

「っ……うん！」

あぁ……今の隼人君の声、凄く優しくてキュンキュンしちゃった。

楽しくて幸せな場所……楽しくて幸せな場所だって！　姉さんにお母さんも、聞いた⁉

楽しくて幸せな場所だって‼

「……ま、あたししか居ないんだけどねぇ」

『何だって？』

「何でもないよん♪　ねぇねぇ、隼人君が感じたこともっと聞かせてもらっても良い？　そっちでの隼人君の話、あたしもっと聞きたい！」

それから隼人君の話は止まらなかった。

まだ一日しかあっちに行ってないのに、それだけ隼人君にとって濃い一日だったというのは言うまでもない。

（あたしも一緒に行きたかったなぁ……なんて思っちゃうのも仕方ないよねぇ。たぶん姉さんやお母さんも同じだろうけど）

そんな当たり前のことを考えたからか、突然胸に寂しさが込み上げた。

別に一生会えないわけじゃないし三日もすれば隼人君はこっちに帰ってくる……でも気軽に会える距離に居ないというのはこんなに寂しいんだ。

あたし……寂しがり屋だったんだねぇ。

「……ねえ、隼人君」

『なんだ？』

「寂しいよ……ごめん、言っちゃった」

正直な気持ちを伝えてしまい、あたしは何やってるんだと自分を叱りたくなった……楽しそうな隼人君に水を差すような行為だけど、つい言葉に出してしまった。

『寂しいか……ごめんな藍那。本当なら今すぐそっちに行って抱きしめてあげたいくらいなんだけどさ』

「うん、その言葉だけで十分だよ。ありがとう隼人君」

嘘《うそ》……こんな気持ちになった時点で言葉だけで満足出来るわけない。

はぁ……あたしってこんなに寂しがり屋だったかなぁ……でも、この程度で寂しいなんて言ってられないよね！

だって今のあたし、客観的に見てかなりめんどくさいし！

「えい！」

パシッと頬《ほお》を軽く叩《たた》くと、程よい痛みにネガティブな感情まで吹き飛ぶ。

『藍那!?　なんか頬を叩いたような音が聞こえたけど!?』

「こんなんじゃダメだって気合を入れたの！　だから大丈夫！」

『そうか……なら良かった』

「うん。えへへ、あたし……やっぱり隼人君とお話しするの大好き」

『俺も大好きだよ――当然だろ』

「あ……♡」

何だろう……今日の隼人君との電話はいつも以上に心だけでなく、体までキュンキュンと反応してしまう。

(たぶんあれかな？　いつもより寂しいって感情が強いから、それで隼人君からもらえる嬉しい言葉が反動みたいになってるのかも)

正直……ここで止まってほしかった。

それなのに隼人君はもっと欲しい言葉を言ってくれた……これ以上あたしのことをおかしくさせてしまうような言葉を。

『藍那、寂しいって言ってくれるのは嬉しいから。たとえしつこいくらいでも俺は構わないよ。だって大好きな藍那からの言葉なんだから』

「っ……♡」

『……なんて、かっこつけるくらいしか今は出来ないんだけどさ。けど寂しいと思ったのは俺も同じ、だからお互い様だ』

あたしは隼人君からもらえる言葉はどんなものでも嬉しい……あぁでも流石《さすが》に酷《ひど》い言葉とか冷たい言葉は嬉しくないけど、隼人君に限ってそんなこと言わないもんね。

あたしたちのことを一番に考えてくれる隼人君……そんなあなただからあたしと姉さん

も隼人君のことを第一に考えるの。

（……いけない……この感覚、ダメなやつだ）

隼人君の言葉に体が熱くなった……若干息も荒くなり、段々と体の制御が上手《うま》く出来ないような感覚へと陥っていく。

でもこれは決して悪いものじゃない……だってあたしにとって、この感覚は何度も経験しているものだから。

「ちょっと暑くなってきたかも。隼人君とお話ししてるからかなぁ？」

『暑い……か。こっちの方は全然だな』

「そうなんだねぇ。ならあたしだけか！」

表面上は元気に反応するあたし……でも、あたしはパジャマのボタンを外しながらベッドの上へ……そのまま背中を壁に預けた。

この火照《ほて》った体を鎮める手段……うぅ、ごめんね隼人君。

あたしって本当にいやらしい女の子かも。

「っ……ね、ねえ？」

『お、おう……なんか声が色っぽいな？』

「……もう何言ってるの？　隼人君のエッチぃ」

『ごめん！　決してそんなつもりじゃなくてだなぁ!?』

「え〜、じゃああたしってエッチな魅力がないってことなのかなぁ？」

『そうじゃない！　って藍那！　絶対に俺のこと揶揄《からか》ってるだろ！』

揶揄ってるよ……けど、同時にあたしは自分の体を慰めてる。

あたしは更に万全を期すかのようにイヤホンを耳に嵌《は》める……こうすることで隼人君があたかも傍《そば》に居るかのように鼓膜を直接震わせる。

『ったく……まあでも、藍那はエッチだよ』

「っ……あ」

『えっと……満足ですかね？』

「う……うん。ねえねえ、エッチな女の子は好き？」

空いた手で胸に触れ、ふんわりとした柔らかさの中に指を沈めていく。

ごめんね……ごめんね隼人君、でも我慢出来ないんだもん……あたし、隼人君のこと大好きだから……愛してるから……こんなこと、何度だってしてるんだよ？

『エッチな女の子っていうと、その範囲が分からなくてちょっと困るな。藍那と亜利沙がたとえどんな姿だとしても好きだ』

「っ!?」

その瞬間、強く胸を握りしめてしまった。

脳天から突き抜けるような甘美な衝撃にクラクラしそうになりつつも、隼人君を心配させないため即座に呼吸を整える。

「……はぁ♡」

『藍那……大丈夫か？』

大丈夫だよ……えへへ。もしかしてあたし、見つけちゃった？　愛する隼人君との電話に新たな可能性見出《みいだ》しちゃった？

『なんか息が荒い気もするし……熱とかあるわけじゃないよな？』

「あはは！　本当に大丈夫だからさ！　ごめんね心配させちゃって」

隼人君は私のことに気付いていない……私が今、隼人君と通話をしながら痴態を晒《さら》しているなんて露ほども想像なんてしていないはず……少しだけ罪のような意識を感じつつも、こうして隼人君の優しい声をおかずに体を慰めることが幸せで仕方ないの。

（……うっわぁ）

あたしが視線を向けたのは鏡……ちょうどあたしの全身を写す鏡。

空いた手で大きく実った胸を揉《も》みしだき、顔は赤くなり目はとろんとして……本当にだらしない表情だ。

「ねえ隼人君……っ」

『どうした？』

「すっごく心を込めて好きって言ってくれない？」

あたしがそう提案すると、僅かな間を置いて隼人君は言ってくれた。

『好きだよ、藍那』

「っ～～～～⁉⁉」

その優しく、愛に溢《あふ》れた声を聞いた瞬間――あたしの体は雷に打たれたかのように時を止め、そしてぶるぶると激しく体を震わせた。

（疼《うず》く……隼人君が欲しいって疼きが止まらない……っ！）

お腹《なか》の下がキュンキュンと疼くこの感覚はあたしを悩ましくさせると同時に、彼を想《おも》う幸せが内側から溢れてくる。

隼人君の子供が欲しい……そう内側から全力であたしに訴えかけてくるこの感覚がとても愛《いと》おしい。

『ま、残りの日数はしっかり祖父《じい》ちゃんと祖母《ばあ》ちゃんに寄り添うよ』

「……うん、そうだね。隼人君のお土産話《みやげばなし》、待ってるからね」

『あぁ！　それじゃあ藍那、おやすみ』

そうして通話は終わり、あたしの火照った体は急激に冷えていく。

……あ〜あ、あたしってどれだけ隼人君のことが好きなんだろう……ふとした時にもしも隼人君に出会えず、ずっと異性の誰も好きになれない自分を想像すると……凄《すご》く悲しくなる。

「ううん、隼人君以外の異性を好きになるなんてあり得ない……隼人君と会えない世界なんて絶対に嫌」

ねえ隼人君、あたしは甘い毒をあなたに流し込みたい。

ずっと言い続けていることでもあり、心の中に抱き続ける信念のようなもの——あなたの心を、あたしたちはもっともっと逃がさないようにするからね。

誰も居ない虚空へと手を伸ばす最中、再び視線を鏡へと向けた。

ただ一心に一人の男性を求めるあたしの顔……それは自分自身で少しだけ邪悪に思えてしまうほど、歪《ゆが》んだ笑みに見えた——まあ、全然気にしていないしそのつもりなのは確かだもんね。

二、傍に居ない寂しさは彼女らも

祖父母の家での生活は想像以上にゆったりとしたものだった。

まあ祖父ちゃんも祖母ちゃんもまだまだ元気とはいえ、若くはないのであまり若者同然に活発とはいかないからだ。

とはいえこっちに来た翌日には祖父ちゃんと共に、ゲートボールやグラウンドゴルフなんかをして遊んだ。

『ほえ～、この子がお孫さんかい』

『キリッとしとるなぁ』

『将来は良い男に……いいや、もうなっとるけ？』

『ほっほっほ！　見る目があるのぅ！』

祖父ちゃんの友人も集まって遊んだりしたけれど……なんというか、歳《とし》を感じさせないパワフルな人たちだったなぁ。

otokogirai na bijin
shimai wo namae
mo tsugezuni tasuketara
ittaidounaru

天気が良い日にはこうして外でスポーツをやるのが鉄板らしいが、雨の日には時々ボウリングなんかにも行ったりするようで、俺も見習いたいくらいの元気さと明るさだった。

「……早かったな」

そして、のんびりはしてても楽しい日々だったからこそ時間の流れというものは早く、今日はもう家に帰る日だ。

あの祖父ちゃんや祖母ちゃんのことなので、俺の予想したようにかなり残念がってはいたのだが、手ぶらで帰すわけにはいかないと朝からダンボール箱を用意して色々なものを詰めていた。

亜利沙《ありさ》が家に来た日のように、また後日色々と送られてきそうである。

「それにしても……流石にアレはないよなぁ」

アレとは何か……それは本来ここに居ないはずの彼女たち——亜利沙と藍那《あいな》の名前をふと呼んでしまったことだ。

傍に居るのが当たり前かのように名前を口にしてしまい、すぐ我に返って恥ずかしくなる……そんなことが何度かあって、俺の身に染み付いた彼女たちの存在はあまりにも大きいらしい。

「……ま、分かってたことだけどさ」

ちなみにその瞬間を祖母ちゃんに目撃された時は恥ずかしさで死にかけたけど……めっちゃ微笑《ほほえ》ましく見つめられてしまった。

『あらあら隼人《はやと》ったら。そんなに大好きなのねぇ』

……うん。

ま～じで恥ずかしかったよあの瞬間は。

「隼人、開けても良いかい？」

「っ！　おう！」

突然の祖母ちゃんの声に返事をすると、部屋の扉が開いた。

「隼人に送る荷物の他に、新条《しんじょう》さんたちにあげる漬物なんかも入れておくからね。隼人から渡してあげてちょうだい」

「分かった。みんな喜んでくれると思うよ」

祖母ちゃんの作る漬物は美味《おい》しいと近所でも評判だし、俺もここに来てからご飯のお供によく食べた。

「ありがとう祖母ちゃん」

「どういたしまして」

ニコニコと微笑み、祖母ちゃんは部屋を出ていった。

まだ帰りに乗る予定のバスの時間ではないが、忘れ物や直前になって慌てないためにもう帰り支度は済ませてある。

「よし、居間に行くか」

祖母ちゃんを追いかけるように居間に向かうと、祖父ちゃんと祖母ちゃんが向かい合ってお茶を飲んでいた。

「おぉ隼人や、こっちにおいで」

「隼人の分も用意してあるよ」

「ありがと」

手招きに応じて椅子に腰を下ろし、祖母ちゃんが畑で採った茶葉を使った温かいお茶を喉に流す。

程よい温かさと美味しさに体の内側からポカポカとしてくるようだ。

あぁそうそう、祖父ちゃんに色々と連れ出されたのもそうだが祖母ちゃんと一緒に畑仕事も熟《こな》したりと……本当に色々と充実していた。

「隼人が居なくなると寂しくなるなぁ」

「そうですねぇおじいさん」

「……ねえ、なんか情で帰らせないようにしてない？」

そう言うと二人はバレたかと言わんばかりに笑った。

俺はそんな祖父ちゃんと祖母ちゃんに勘弁してくれと言いたくなったものの、愛されてるなぁと嬉《うれ》しくなり笑みが零《こぼ》れる。

「実はね、さっきまでずっと隼人のことを話していたんだよ」

「俺のことを？」

「うむ――隼人は本当に優しくて立派に育ったなあと思ってな。お前の境遇を考えれば、少しだけ荒れたとしても仕方ないと考えていたからな」

「あ～……」

確かに、俺の境遇を考えればその可能性もあったのかな。

小学生や中学生という時期がその後の人格を形成する大事な時というのは知ってるけど、俺はその頃に両親を相次いで亡くしたり大人の汚い部分を垣間見《かいまみ》たりして……間違いなく俺が今の俺ではなかった可能性もゼロじゃない。

不良というか……俺が荒れなかったのは二つ理由があると考えている。

「祖父ちゃん、祖母ちゃん」

「うん？」

「なんだい？」

俺は二人の目を見返しながら、言葉を続けた。

「自分でもよく荒れなかったなって思うよ。その理由はたぶん、亡くなった母さんと父さんが望まない俺になりたくなかったってことと……祖父ちゃんと祖母ちゃんが俺に寄り添ってくれたからだと思ってる」

この二つの理由は的を射ているはずだ。

天国に居る両親が俺のことに関して心配をしないように、そう考えたらダメな自分になんてなれるわけもないし、親身に寄り添ってくれる祖父母の表情を曇らせたくもなかった。

「……隼人、お前は本当に優しい孫じゃ」

「そうだねぇ。私たちの自慢の孫だよ」

「へへっ、これからもそう言われるようにするよ」

俺の言葉に、祖父ちゃんと祖母ちゃんは嬉しそうに頷《うなず》いた。

そんな二人の表情を見ると俺の方まで自然と頬《ほお》が緩んでしまう……あぁそうか——こんな風に二人に喜んでもらえるのも一つの恩返しの形なんだよな、きっと。

「俺、ちょっと外を散歩してくるよ。昼までには帰ってくる」

「気を付けるんじゃぞ」

「気を付けてね」

「うい〜」

二人に見送られて外に出ると、暖かな日差しが俺を出迎えた。

別に散歩をするというのは間違ってないけれど、帰る前にもう少しだけこの景色を目に焼き付けたかった……幼い頃、馬鹿みたいに走り回った記憶のあるこの道を。

「周りは田んぼだらけ、遠くを見ても山の緑ばかり……良いよなぁ」

時期によっては蛙《かえる》の鳴き声がうるさかったりするけど、それもこの辺りの風物詩みたいなもので慣れてくる……俺自身、蛙は苦手だけどな。

「本当に機会があったらここを彼女たちと歩きたいもんだ」

亜利沙と藍那は……こういった場所は好きかな？

二人は俺と一緒ならどんな場所でも行きたいし、きっと楽しくなるとまで言ってくれたけど……まあ、普通に心から楽しんでくれることが容易に想像出来るのも、二人のことをよく分かっているからかな。

「うん？」

のんびりと気の向くままに歩いていた俺の前を、泣きべそをかきながら歩く男の子が横切った。

その子は時折立ち止まっては涙を拭い、また歩き出す……どうしたんだろうか。

「……う〜ん」

見たところ小学校低学年といったところか？

周りに人が居ないわけじゃないけど親らしい人は見当たらない……流石《さすが》に気になっちまうな。

「これもまた縁ってやつだな」

俺はすぐに男の子へと近づき声を掛けた。

「よっ、そこの少年どうしたんだ？」

「ふぇ？」

突然声を掛けられたからか、男の子はビクッと肩を震わせた。

その様子に申し訳なさを感じたが、男の子は俺から逃げるようなことはなくジッとこちらの様子を窺《うかが》っているので、まずはそのことに安心しながら目の前まで近づいた。

「泣いてたから気になっちまってさ。どうしたんだ？」

「…………」

男の子は下を向き、何も喋《しゃべ》らない。

流石に警戒もするだろうし、そもそも見知らぬ年上の男を前にしたらこうもなるかと苦笑する。

ただ逃げなかったのは助かった。男の子と目線を合わせるように腰を落として再び話し掛けた。

「もう一度言うけど、泣いてたから気になっちまったんだ。何があったのか話せるか？」

「…………」

男の子はチラッと俺を見てくれたが相変わらず口は閉ざしたまま。

これ……何も知らない人からすれば俺が男の子を泣かせているように見えるかもしれないが、もうこの子に関わってしまったし、どっか行けと言われない限りはなんとか粘ってみよう。

（う～ん、このくらいの年頃だと……なんだろうな。友達と喧嘩《けんか》か、或《あ》いは親と喧嘩とか？）

俺は少し考えた後、これかと思ったことを口にした。

「お父さんかお母さんと喧嘩でもしたか？」

「っ……」

男の子がまた肩を震わせ、唇を噛《か》み締《し》めるような仕草を見せた。

なるほど、どうやらこの子は親と喧嘩してここまで泣きながらやってきたみたいだ。

「……うん。ママと喧嘩しちゃった」

おっと、ここでようやく男の子が話してくれた。

実際に何があったのかを口にして我慢していたものが込み上げたのか、男の子は大粒の涙を流した。

(思えば俺は両親と喧嘩なんてしなかった……そもそもそんな記憶がないくらいだからな)

なんてことを考えながら、今は自分のことよりこの子のことだと意識を戻す。

「ママに大嫌いって……居なくなっちゃえって言っちゃった……っ！　うぅ……うわあああああんっ!!」

大きな声で泣き出してしまったが、俺は慌てることなくポケットに入れていたハンカチを取り出して男の子の涙を拭う。

鼻水も大量に出ていたので、それはティッシュで綺麗《きれい》に拭き取っていく。

「ほら、チーンして」

「うん……っ!!」

俺……思ったより小さい子の扱いに慣れてるなと自分自身に驚いた。

別に小さい子との交流が多いわけじゃないし、こんな状況に出くわすこともそんなにない。

（あ、そういえばあんなこともあったな）

それはかつて亜利沙と藍那を連れて街を歩いていた際、迷子になった男の子を見つけた時のこと……あの時は少し苦いこともあったけれど、もしかしたらこういうことに俺は縁があるのかもしれない。

「……ありがと、お兄ちゃん」

「お、ちゃんとお礼が言えるなんて偉いじゃないか、かっこいいぞ」

かっこいいは少し違うかと思ったけど、男の子が顔を赤くして照れ臭そうにしていたので良しとしよう！

それから軽く男の子に事情を聞いてみた。

今日から家族揃《そろ》って遠出する約束があったらしいのだが、お父さんが風邪を引いてしまってそれが出来なくなってしまい、それでお母さんと言い合いになった結果……大嫌いと言って家を飛び出したとのことだ。

「そうか……それは残念だったな」

「ボク……ずっと楽しみにしてたんだ」

「気持ちは分かるぞ。けど、お母さんに大嫌いって言っちゃったことを気にしてるんだな？」

「うん……うん……っ！」

また大きな声で泣きそうになった男の子だが、我慢するように声を抑えているこの子のことを俺は素直に凄《すご》いと思うし……何よりこんなに小さくても親のことを考えられるのは優しい証《あかし》だ。

「ボク……ママのこともパパのことも大好きだもん」

「そっか、良いことじゃないかとても」

そして、素直に両親が大好きと言えることも良い子の証だ！

こうなってくると出会ったばかりではあるけれど、この子のために何かしてあげたいなって思う……あぁそうか——家族を大好きだと言うこの子を俺は自分に重ねているのかもな。

「これから君はどうするんだ？」

「……帰らないと……でも……っ」

「どうした？」

「大嫌いって言った時、ママ凄く悲しそうだった……から」

「あ～……」

男の子の様子を見るにきっと普段は温かい家庭で、お母さんやお父さんから凄く愛されているのはよく分かる。

だからこそ息子に大嫌いだなんて言われたお母さんの心情を考えると、尚更《なおさら》少しだけでも手を貸したいって思うのは当然だ。

「じゃあさ、俺が一緒に家まで付いていってやる」

「え……？　いいの？」

「もちろんだ。あ、念のため言っておくけど俺は別に悪者じゃないから安心してくれな？」

ボケるようにそう言うと、男の子は大丈夫と笑った。

きっとお母さんが心配していると思うので、すぐにこの子を帰すため俺はおんぶをするような体勢へ。

「わわっ」

「しっかり摑《つか》まってな？」

「う、うん！」

っと……流石にそこまで軽くなかったが問題はない。

男の子があっちだよと言った方向に歩いていくのだが、男の子はいつもより高い視点で見る景色が楽しくて仕方がない様子だ。

「あまりこういうことはされてないのか？」

「ううん、パパは時々してくれるけど……いつもお仕事忙しそうだから」

「なるほどなぁ。疲れてるかもって思っちゃうのか……君、マジで優しい子じゃんか」

「そうかな……?」

気遣いの塊すぎて将来有望すぎるだろこの子。

俺はこの子の名前を知らず、この子も俺の名前さえ知らないというのに、もうお互いの態度は砕けていた。

そんな風に急激に仲良くなった俺たちだが、ふと男の子がこんな質問を俺に投げかけた。

「お兄ちゃんのパパとママも優しいの?」

その問いかけに、俺は即座にあぁと頷《うなず》いた。

「すっごく優しいんだぞ。俺も君と同じで両親のことは大好きだ」

「へへっ!　そっか!」

「おうよ」

俺……よく足を止めずに返事が出来たなぁ。

なんてことを考えた矢先、男の子は気になったのか更に聞いてきた。

「どんなパパとママなの?」

「優しくて楽しい人たちだぞ。父さんとはキャッチボールをしたりしたっけな」

「へぇ〜！　そうなんだ！」

グイグイ来る子だったが全然不快じゃない。

とはいえこれ以上聞かれてしまったら答えられない部分にまで行ってしまいそうだったので、一旦この話を終わらせるように俺はこう続けた。

「今はちょっと遠いところに居て会うことは出来ないんだけど、両親に怒られたくないからずっといい子でいるように俺も頑張ってんのさ」

「お兄ちゃんすっごく良い人だよ！　ボクが保証する！」

「おいおい、保証って言葉を知ってるのか」

「う〜ん……ママが好きなテレビのドラマで言ってたから！　そういう言葉じゃないの？」

「合ってるよ、凄い凄い」

「えへへ〜！」

いちいち反応が可愛《かわい》い子だなと思うと同時に、こんな子を可愛がらない親なんて居ないだろうなとも思った。

男の子の誘導に従うように向かった先は、祖父母の家からある程度離れた場所で……家の前で一人の女性が困ったように立っていた。

「あ、ママ……」

「あれは探してたみたいだなぁ」

ギュッと、背中から抱きしめる力が強くなり俺は大丈夫だと背中をトントンと叩《たた》く。

「なあ、見てみろよ。君に大嫌いって言われたのに、あんなにも心配そうな様子を見せてる……それだけ君はお母さんにとって大切なんだよ」

「うん……」

「まず伝えるべき言葉は？」

「ごめんなさい……？」

「その通り、それじゃあ行くぞ？」

「うん！」

少しずつ近づいていくと女性もこちらに気付き、ハッと驚いたような顔をしたかと思えばサッと駆け寄ってきた。

俺は男の子を背中から下ろし、ポンと背中を叩いて前に押し出す。

「ほら、頑張れ少年」

「う、うん！」

そこからは流れるように男の子とお母さんは仲直りした。

男の子はちゃんとごめんなさいと謝った後、大好きだと伝えてお母さんに抱き着き……そして、そんな男の子をお母さんも嬉《うれ》しそうに強く抱きしめていた。

（ふぅ、人助けは良いもんだな）

そんなことを考えたのはもしかしたら、自分の中に宿った僅かな寂しさを誤魔化《ごまか》したかったのかもしれない。

「お兄ちゃん、ありがと！」

「本当にありがとうございました」

「いえいえ――それじゃあな、お母さんを大事にしろよ～？」

「うん!!」

こうして散歩がてらに出会った男の子との旅は終わった……なんてな。

それから改めて散歩を再開しようと思ったけどちょうどもうすぐ昼になりそうだったので、そのまま俺は祖父母の家に帰ることにした。

「まあでも、あの子をおぶってそれなりに歩いたしなぁ……これもまた一つの土産話《みやげばなし》になるかもな」

ある程度歩いたところで、俺は一度だけ振り向く。

「家族は……大切にな」

こんなところで言っても聞こえるわけがない……けれど、俺はそう口にして歩みを再開させた。

家に戻るとすぐに昼食になったのだが、俺の様子から何かを察したらしい祖母《ばあ》ちゃんがこう聞いてきた。

「何かあったのかい？　楽しそうな顔をしているけど」

俺……そんな顔をしていたのか？

仮にそうだとしたら理由はおそらくさっきのことだろうと思い、男の子との出会いから家に連れていったことを教えた。

「ほう……どこの子じゃろうか」

「聞いただけだと何となく分かりそうだけど……ふふっ、それにしても隼人らしいねぇ」

らしい……のかなぁ。

俺は自分のことを聖人君子かなんかのように考えたことはないけど、目の前で困っている人が居れば助けたいとは思う。

けど、時には酷《ひど》いことだって考えたこともある——随分前だけど、幸せそうにしている家族を見た時……俺と同じようになればいいのにって、そんなことを思ったこともあったんだ。

（ま、そんなこともすぐに考えなくなったけどな）

自分は不幸なんだと考えて気持ちを萎えさせるくらいなら、楽しいことを考えて生きていく……そう思えたのは多分、俺が家族に恵まれていたからだ。

「祖父《じい》ちゃん、祖母ちゃん……ありがとう」

「お、おぉ？」

「何のお礼だい？」

さあ、何のお礼かなと俺は誤魔化した。

久しぶりに祖父母と一緒に過せる時間を最後の最後まで俺は二人とのんびり過ごし……そしてバス停まで見送ってくれた祖父母のもとを後にした。

「……ふわぁ」

バスが動き出してすぐに大きな欠伸《あくび》が出た。

思えば今朝は起きたのがちょっと早かったし、あの男の子をおぶって歩き回ったから疲れが思った以上に溜《た》まってるのかもしれない。

「あ、あれを見よう……」

この眠気を打開するため、俺は藍那から送られたあの写真を見た。

しかし不意打ちでもなんでもなく、一度見たからなのかこの凄《すさ》まじい眠気を吹き飛ばすほどの効果はなかった。

「……あ〜」

眠い……眠い……っ……。

…………。

……はっ⁉

「……良いかもう……寝ちまえ」

人間、本当に限界が来ると全てがどうでもよくなるものらしい。

俺は最悪寝過ごしてもどうにかして帰ればいいかと楽観的に考え、そのまま目を閉じるのだった。


結果——俺はちょうど、自分が降りる予定のバス停に着いたところで目を覚ました。

なんだよ、ちゃんと起きられるじゃないかと思った矢先のこと。

今になって俺は外で待つ二人に気付く。

「……え？」

あれ……なんで二人がここで待ってるんだ？

しばらくボーッとしてしまった俺は即座に我に返り、忘れ物がないように確かめてから急いでバスを降りた。

「隼人君！」

「おかえりなさい！」

バス停で待っていた二人、俺を出迎えてくれたのは亜利沙と藍那……大切な彼女たちだった。

一歩前に出た瞬間、俺の胸に飛び込んできた二人。

両手が荷物で塞がってて抱き留めるのが難しかったものの、何とか踏ん張って二人を受け止めた。

「ふふっ、ごめんなさい。待てなかったわ」

「うんうん。サプライズも兼ねて、バス停で迎えようよって姉さんと計画したの♪」

あぁそれで……くぅ！　なんて嬉しいサプライズなんだ。

旅の疲れが吹き飛ぶほどの感動に、俺はつい持っていた荷物を落としてしまいそうになったがちょっと待て。

（……あれ？　まだバス発車してなくね？）

そう、まだ俺が降りたバスは背後に停《と》まったままだ。

降りた乗客はそんなに居なかったけど、当然この先のバス停で降りる予定の乗客は車内に残っている……すぅ〜。

「亜利沙さん……藍那さん」

「なあに？」

「なにかなぁ？」

俺に抱き着く二人に後ろのバスは見えているはず……だというのに二人とも俺しか見ていないし、むしろ何に困っているのか言ってほしいと言わんばかりに笑っているほどだ。

本来なら分かってくれよと言いたくなるはずのその笑顔が！　その笑顔があまりにも可愛すぎて何も言えない俺の弱さよ！

「まだ後ろに……バスがですね」

「見たところ知り合いは居ないわ」

「そうだね。だから問題ナッシング！」

「……そですね」

はい、問題ないらしいです。

それからすぐにバスは出発したが、俺は最後までバスの乗客がどんな目でこっちを見ていたのかは知らない。

もちろん興味がなくて見ていなかった可能性もあるけど……えっと？

（誰かを待つように立っていた美少女二人、そんな二人が同時に抱き着いて親密そうな関係を見せ付けている……しかも二人ともキスが出来るくらいの距離で……俺なら絶対見ちまうぞ）

でも、確かに二人は俺の反応を楽しんでいるけど……こうして抱き着いてくる腕の力は心なしかいつもより強い気がする。

これはもしかしたら、この三日間ずっと会いたいと思ってくれていた証《あかし》なんだろうか……そう思うとやっぱり嬉しくなるよ。

「亜利沙、藍那……ただいま」

そう伝えると、二人は微笑《ほほえ》みながら頷《うなず》いた。

「ええ、おかえり隼人君」

「うん！　おかえり隼人君！」

たった三日会えなくても、今までがあまりにも濃い日常を過ごしていたからこそ、二人の笑顔がとても愛《いと》おしく感じる。

しばらくこの余韻に浸るように抱きしめ合った後、俺たちは歩き出した。

「あ、そういえば隼人君隼人君」

「なんだ？」

「あたしが送った写真、まだ残ってるよねぇ？」

「え？　何の話？」

藍那の言葉に今更ドキッとはしなかったが、亜利沙は何のことか分からず首を傾《かし》げている。

「姉さんには話してなかったねぇ。いつでも電話とかメッセージのやり取りは出来るけど、会えはしないからさ。それで寂しくないようにってエッチな写真を送ったんだぁ」

「……ふ〜ん？」

「えっと……はい。おかげで眠気がぶっ飛びました」

ある意味であの写真は眠気で死にそうだった俺の救世主だった。

写真はまだ俺のスマホに残ってるけど……たぶん、俺があれを消す日は来ないんじゃないかな？　だって勿体《もったい》ないし……勿体ないよなぁ!?

「どんなのを送ったの？」

そう亜利沙に聞かれたので、チラッと藍那を見た。

彼女は良いよ良いよと笑っていたので、彼女から送られてきた写真を亜利沙に見せた

……って、なんだかとても恥ずかしい気分だぜこれは。

「……私も送れば良かったわね」

写真を見て一言、亜利沙はそうボソッと呟《つぶや》いた。

さて、亜利沙がそんな言葉を発すれば傍《そば》に居る藍那が反応しないわけもなく……彼女は目を輝かせながら亜利沙へ抱き着く。

「じゃあさ！　今度は二人で撮って送ろ？　お互いに隼人君のシャツをはだけさせるように着てさ。こうやっておっぱいを互いに押し付け合いながらのエッチな写真！」

「ちょ、ちょっと藍那……っ」

戸惑う亜利沙に藍那が惜しみなく豊満な体を押し付ける。

二人とも高校生離れしたスタイルをしているので、こうやって体を寄せ合うと互いの大きな胸が主張するように形を変えていく。

柔らかなものに柔らかなものが触れればどうなるか……その世紀の実験が目の前で行われていることに、俺は不覚にも視線を逸《そ》らせなかった。

「ほら姉さん、隼人君が見てるよ？」

「隼人君はこういうの好き？」

こういうのは好きか、その問いかけに首を横に振るなんて出来ない。

素直に認めるように俺は頷き肯定したけれど……果たして、本当にそんな写真が送られてくるのか……でもちょっと楽しみかもしれない。

「ふふっ、でも隼人君は写真じゃなくて実物を見ることあるじゃん？　それはどっちが良いの？」

「……気になるわね」

「えっと……」

これまた答えにくいことを聞いてくれるぜお二人さん！

写真には写真の良さ、実物には実物の良さというものがある……あるんだけれど、俺は馬鹿正直に答えるのではなく、あくまでオブラートに包むようにこう答えた。

「どっちの良さもあるとは思うんだけど、やっぱり傍に居てくれた方が嬉《うれ》しいよなって。実際に傍で話したり、触れ合ったり、そういうのがやっぱり幸せだからさ」

いや……別にオブラートでも何でもないな。

言った後にそう思った俺に、まず藍那が飛び付いた。

「あたしも同じ！　こうやって隼人君と触れ合うの大好きだよん」

耳元でそう言った藍那に張り合うように、亜利沙も同じように身を寄せてきた。

「私も同じよ。隼人君と触れ合うの凄《すご》く好きだもの」

あぁ……二人にこうされると帰ってきたなって気がするよ。

ある程度慣れたとはいえ、両サイドから与えられる柔らかい感触にはドキドキさせられるんだけど……今日はとてつもなく安心する。

二人とも俺が荷物を抱えていることを考慮してくれてか、負担のないようにすぐ離れてくれた。

「いつまでもこうしてたら家に着けないね」

「ふふっ、母さんも隼人君に会いたがってるし帰りましょうか」

どうやら咲奈《さきな》さんも待ってくれているらしいので、俺たちはすぐに歩き出した。

まず荷物を置くために自宅へ寄って、身軽になった状態で新条家への道を歩く……その道すがら、亜利沙と藍那が俺から離れることはなかった。

「……俺さぁ」

そんな風に二人からの温《ぬく》もりを感じてしまったからか、俺は自然と言葉を発していた。

「あっちに居る間、いつものように二人が傍に居る感覚で間違って名前を呼ぶことがあったんだ。その度にここは祖父母の家だったたって思い出して笑ったよ」

「そうなの？」

「あははっ♪　あたしたちのこと、隼人君に魂レベルで刻まれちゃってるんじゃない？」

「それは……あるかもなぁ」

流石《さすが》にそれはヤバいんじゃないかなって思ったけど、否定はしない。

見えてきた彼女たちの家……それが目に入った途端、俺の腕を抱きしめる二人の力が強くなった。

そして、二人に耳元で囁《ささや》かれた。

「言ったでしょう？　もっと溺れてほしいって」

「そうだよ。もっともっと、あたしたちに溺れさせてあげるから！」

彼女たちのその言葉はネットリと絡みつく蜘蛛《くも》の糸のようだ。

俺たち人間からすれば蜘蛛の糸なんて容易《たやす》く切ることが出来るし、巣なんかも気紛《きまぐ》れに壊すことも簡単に出来る。

だけどもしも彼女たちの言葉が糸となって巣を形成し俺を絶対に逃がさないとしてくるのであれば……これほど心地のよい瞬間はないと思う。

（こうなると蜘蛛より悪魔かもしれないけど……）

悪魔……だとしても亜利沙と藍那なら可愛《かわい》くてエッチなだけだな。

なんてことを考えていたらもう玄関だ——俺はともかく、この家の娘である二人が居るのでインターホンを押す必要もない。

玄関のドアを開けて中に入った瞬間、優しい声が俺を迎え入れた。

「いらっしゃい、隼人君」

「あ……お邪魔します咲奈さん」

咲奈さん……亜利沙と藍那の母親がそこに立っていた。

高校生の娘が二人居るとは思えないほどに若々しく、ダメだと分かっていてもドキドキしてしまう……それくらいの魅力が咲奈さんにはある。

「そろそろかと思い待ってたんですけど、ちょうどタイミングが良かったですね」

どうやら咲奈さんはここで俺たちを待ってくれていたみたいだ。

亜利沙と藍那ほど咲奈さんとも一緒にいるというわけじゃないけれど、やっぱりこの人に温かく迎え入れてもらえて凄く安心する。

靴を脱いで家に上がった俺を、咲奈さんは待ってましたと言わんばかりに腕を広げ、そして抱き寄せられた。

「いえ、いらっしゃいではありませんね。おかえりなさい隼人君」

「あはは……ただいまです」

そうだったな……俺にとって、もうここはお邪魔しますじゃなくてただいまみたいなものか。

（……というか最近、本当に咲奈さんのお母さんみが凄《すさ》まじい）

俺にとって咲奈さんは彼女二人の母親という関係性だけど、最近の咲奈さんが放つ母性

の暴力に俺は少し悩まされている。

特に何かが変わるきっかけに心当たりはないけれど、強いて言えば少し前に咲奈さんが風邪で寝込むことがあって……あの時からかな？　その時に俺は自分で出来る範囲で看病をしたけど、どうもそのお返しと言わんばかりに甘やかされている気がしないでもない。

「あの……咲奈さん？」

「もう少しこうさせてくださいね。よしよし、隼人君は良い子です」

優しく抱きしめられているはずなのに、ガッシリと腕の力は強い。

そのまま頭を撫《な》でられるこの心地よさは咲奈さんから離れようという意思を奪ってしまう……亜利沙や藍那とは違うベクトルで、咲奈さんも俺をダメにする勢いだ。

「お風呂の準備をしてくるわね」

「は～い。ちょっとお母さん、そろそろ良いでしょ～？」

藍那がスッと俺と咲奈さんの間に腕を差し込み、そのまま俺たち二人を引き離す。

動けなかったので藍那には感謝だけど、離れる時に発せられた咲奈さんの寂しそうな声がやけに耳に残ってしまい……また後でお願いしますとつい口にしてしまった。

「はい！」

「もう！　隼人君はお母さんに甘い！」

いや、こんな可愛い女性なら誰だって甘くなると思う。

というか咲奈さんに対しては俺よりも藍那たちの方が圧倒的に甘い気もするけどねぇ。

それからリビングに向かった俺は、土産を持ってきていたのでそれをテーブルに置いた。

「これ、うちの祖母《ばあ》ちゃんが作った漬物です。是非食べてほしいって」

「あら！　凄く嬉しいです！」

咲奈さんは嬉しそうに漬物の入った容器を見つめている。

ここまで喜んでくれたのを知ったら祖母ちゃんも凄く嬉しいと思うし、ここの住所を聞いて直接送ってくるというのもこの先ありそうだ。

「あたしと姉さんってあまり漬物とか食べないけど、隼人君が言うなら美味《おい》しいのかな？」

「そうだな。祖母ちゃんが作ってくれたからっていう贔屓目《ひいきめ》もあるにはあるだろうけど、普通に美味しいと思うよ」

「そうなんだね！　じゃあ早速今夜にでもご馳走《ちそう》になろっかな！」

これは夕飯の時に感想を聞くのが楽しみだ。

「あ、ちょっとごめん」

俺は一旦その場から離れ、スマホを手に取って電話を掛ける。

『もしもし』

「あ、祖母ちゃんか？　無事に着いたから報告をね」

そう、掛けた先は祖父母の家だ。

特に必要はないと思いつつも、無事に帰ったことの連絡はやっぱりしておいた方がいいだろうから。

『そうかい。おじいさんにも伝えておくよ』

「うん。何も心配はないからってよろしく……あぁ後、漬物なんだけど咲奈さん凄く喜んでくれてさ。それで早速今日の夕飯の時に食べようって話になったんだ」

『そうかいそうかい。喜んでもらえたなら何よりだよ』

「うん、本当に……えっ⁉」

本当に良かったよ、そう口にしようとして言葉を呑《の》み込んだ。

何故《なぜ》なら俺の背後……それもピタッと体がくっ付くような位置に藍那と咲奈さん、そして戻ってきた亜利沙が居たからだ。

（えっと……みんな会話が気になるっぽいな）

興味津々といった具合に傍に居る彼女たちだけど、まさか咲奈さんまでこんな風に行動するとは思わず、三人とも可愛いなと思ってつい苦笑してしまった。

『どうしたんだい？』

「いや、今新条家に居るんだけどさ。会話が気になるのかみんなすぐ傍《そば》に居るんだよ」

『あら、そうなのかい？』

あ、俺がバラしちゃったからか三人ともスッと離れた。

三人のあっという声は祖母ちゃんにも聞こえていたらしく、電話の向こうで祖母ちゃんは楽しそうに笑いながら、俺にこんな提案をしてくるのだった。

『隼人、良かったらスピーカーにしてもらえるかい？』

「え？　あぁ分かった」

言われた通りにスピーカーにすると、スマホから少し音質は悪いけど祖母ちゃんの声が響いた。

『亜利沙ちゃんに藍那ちゃん、そして咲奈さんこんばんは』

「あ、こんばんは……っ！」

「こんばんは！」

「ふふっ、ご無沙汰しています」

何度かやり取りをしている咲奈さんはともかく。

亜利沙は緊張した様子だけど、藍那に関しては全く物怖《ものお》じした様子もなくいつも通りだ。

『咲奈さんにはいつも伝えているからねぇ。亜利沙ちゃんと藍那ちゃんにはお礼を言いたいと思ってたんだよ――いつも隼人を見守ってくれて、支えてくれてありがとうね』

祖母ちゃん……出来たらこういうやり取りは俺を挟まずにやっていただけると嬉《うれ》しいというか、恥ずかしくならなくて済むというか。

とはいえ、こんな状況で口を挟めるわけもなく……俺は顔が赤くなるのを我慢しながら彼女たちのやり取りに耳を傾ける。

「いえ、私たちがしたいと思っていることですから。隼人君を支えたいんです、助けてくれた彼を」

「あたしたちにとって隼人君はただの命の恩人じゃない……そう思えるくらいに大切なの」

『おやおや、こんなにも想《おも》われるなんて幸せ者じゃないかい隼人』

「そう……だね。本当にそう思うよ」

恥ずかしい……でもそれ以上に二人の言葉は嬉しかったし、祖母ちゃんの優しい声が心に染み込むようだった。

『咲奈さんは……また夜に電話をしてもいいかい？　いつもみたいに大人の私たちは話し出すと止まらなくなるからねぇ』

「ふふっ、そうですね。でしたらまた夕飯の後にでも」

『いいねぇ。待ってるよ咲奈さん』

「はい。とても楽しみです」

咲奈さんと祖母ちゃん……本当に仲良くなったよなぁ。

祖父《じい》ちゃんとも仲が良いし、大人だからこそ話せることもあるだろうしなんか……いいよねこういうの。

『今回隼人がこっちに来たけれど、もし良かったら三人も是非遊びに来てちょうだいね。何か特別なものがあるわけじゃないけれど、手厚く歓迎をさせてもらうから』

「もちろんです！」

「絶対に行くね！」

「ありがとうございます」

その後、僅かなやり取りがあって通話を終えた。

「隼人君のお祖母ちゃん、すっごく優しい声だよね！」

「そうね……こう、包まれるような包容力を感じるわ」

包容力……なるほど、そういう感じ方もあるのか。

確かに祖母ちゃんはとにかく優しくて思《おも》い遣《や》りもあって、嘘《うそ》か本当かは知らないが若い頃の祖母ちゃんは近所でアイドル的人気があったらしい……あくまで酒に酔った祖父ちゃんの話だ。

「包容力ねぇ……」

亜利沙と藍那も包容力って話なら全然凄《すご》いと思うけど、それ以上に凄いのはやっぱり大人の咲奈さんだ。

最近になって感じる咲奈さんの包容力は本当に凄いし、ついつい母さんって呼びそうになるくらいだもんなぁ……その度に俺はそんなことを思った自分自身にハッとするんだけど、最近じゃ別に良いかなとも思えるのはたぶん……咲奈さんの影響だ。

『いつでも、本当のお母さんのように思ってくれていいんですからね』

圧倒的なまでの溢《あふ》れ出《で》る母性にクラクラしそうになるし、そんな状態から更に絡め取ろうとしてくるかのような気遣いもあって……まあ咲奈さんに限ってそんな風に考えてはないと思うけどないよね？

(なんというか……自分でも分かることがある。まるで見えない糸に体そのものが絡め取られるような……そしてそれもまた心地よく感じる俺が居るのも確かだ)

目を閉じて想像してみれば、それは容易に現れる。

色で表現しろと言われたらピンク色で、無数に張り巡らされたその複雑な糸の中に俺は迷い込んでいる……逃げ出そうともがけばもがくほど絡みついてくる糸だ。

その糸は蜘蛛《くも》の糸のように柔らかくしなやかで……けれども獲物を決して逃がさない強靭《きょうじん》さを兼ね備え、足掻《あが》いても無駄だと獲物に思い知らせ抵抗する気力を失わせる——後はもう、喰《く》われるのを待つだけだ。

「隼人君？」

「どうしたの？」

「っ⁉」

思考の海に沈んでいた俺を亜利沙と藍那の声が引き上げた。

瞬間的に二人を見た時、可愛《かわい》らしくも愛《いと》おしい少女としての姿ではなく、ゆっくりと手を伸ばす何かに見えたのは……う～ん、バスの中での睡眠も中途半端だったし疲れが溜《た》まっているみたいだ、やっぱり。

「何でもないよ。ちょい疲れが溜まってるのかもな」

「なるほどね。ねえ母さん、今日は夕飯を早めにしましょう？」

「分かったわ。それじゃあ隼人君は先にお風呂を済ませてください」

「あ、ありがとうございます」

「……むふふ♪」

「藍那、あなたはここから動くの禁止」

「なんでよ⁉」

「どうせお風呂に突撃しようと考えてるでしょうが」

止めてくれてありがたいと苦笑しながら、俺は一番風呂を頂いた。

それから順に亜利沙たちも入浴を済ませ、宣言された通りにいつもよりもかなり早めの夕飯の時間となった。

早速祖母ちゃんの漬物が振る舞われたのだが、まさかの藍那が一番漬物を気に入ったようで結構パクパクと食べていた。

『少し塩っ辛いなって思ったけど、クセになる味かも！』

『そうね……絶妙な味付けかも』

『……是非漬け方を聞きたいものね』

なんてやり取りがあって、こりゃ祖母ちゃんも大喜び間違いなしだ。

夕飯の時にあっちでのことをかなり話したせいで、食べ終わった後もずっと俺たちはテーブルから離れることはなかった。途中、俺がそれはもう盛大な欠伸《あくび》をしてしまったことでようやくお開きとなった。

「……ふわぁ」

「随分と眠たそうね？」

「そうだな……もう限界かもしれん」

時間としては九時……人によってはもう寝る時間だ。

今回、俺が寝泊まりする場所は亜利沙の部屋だが藍那もおそらくこっちで寝ることになりそうだ。

「先に寝る？　藍那も歯を磨きに行ったばかりだから少ししないと戻ってこないだろうし」

「そうだな……亜利沙ぁ」

ぐで〜っと体の力を抜きながら亜利沙に寄り掛かる。

床に敷かれている布団の上なので、このまま押し倒しても問題はないはず……亜利沙も俺を避けることなく、優しく抱き留めてからゆっくりと体を倒していった。

「本当にお疲れみたいね。もう少しお話を聞きたかったけれど、明日も明後日もお休みだから今日は我慢しましょうか」

「そうしてくれるか……ふわぁ」

「欠伸が止まらないわね……あ、私もちょっと……ふわぁ」

俺に続き、亜利沙も小さく欠伸をした。

とはいえ亜利沙は藍那が戻ってくるまで寝ることはなさそうだし、俺は早々にリタイアさせてもらうか。

「亜利沙ぁ……」

「か、可愛い……じゃなくて、どうしたの？」

「祖父ちゃんたちの所に行ってさ……改めて思ったよ。俺は凄く恵まれてるって……この繋《つな》がりをもっと大事にしたいって」

「そう」

「うん……もちろん亜利沙たちのことも同じだ。何度も言ってるけど、俺は亜利沙たちのことが大好きなんだぁ」

「私も大好きよ。もちろん藍那もね」

もう自分で何を言ってるのか分からないくらいボーッとしている。

亜利沙は自分のベッドで寝るだろうけど……俺がこうしてると亜利沙は離れられないかな？

「あ、このままで大丈夫よ。ベッドは藍那に献上するわ」

「……大丈夫？」

「文句は言わせないわ」

……おや、ちょっと眠気が飛びそうなくらいに怖かったかもしれん。

その後、藍那が戻ってきて小言の言い合いがあったような気もしたが結局俺はそのまま寝てしまい……次の朝、俺は二人に挟まれる形で目を覚ました。

その時に色々と朝の生理現象的なものに悩まされることになるのだが、それはまあ説明しなくても良いことだ。

三、強くなった母性に少年は戸惑い

『亜利沙《ありさ》ぁ……むにゃ』

気を抜けば思い浮かぶ彼の顔……大好きで大好きで、愛おしくて仕方のない隼人《はやと》君の可愛い寝顔を忘れられない。

隼人君のかっこいい顔、可愛い顔、真剣な顔、いくつも見てきたしそのどれもが私の記憶に強く刻まれていくけれど、やっぱり新しい彼の表情が私の記憶を塗り替えていく。

古いものから新しいものへ……段々と塗り替えられていくことが少しだけ寂しい気もするけれど、私にとってそれは全て隼人君や藍那《あいな》……そして母さんという大切な人たちとの記憶だからこそ嬉《うれ》しいのよ。

「……ふふっ、素敵ね」

「姉さん、全然素敵じゃないよ」

隣から聞こえた声、それは妹の藍那のものだ。

otokogirai na bijin
shimai wo namae
mo tsugezuni tasuketa
ittaidounaru

独り言を聞かれたのは仕方ないとして、この気持ちを素敵じゃないって言われるのは心外だわ。

私は言い返そうと思い藍那を強く睨《にら》み付《つ》けた。

「藍那、私はね――」

「だって手に持ってるものが持ってるものだもん」

「……え？」

そう言われ、私の意識はいつの間にか手にしていたものへと向かう。

それはお遊び用の手錠……あら？

「姉さんみたいな綺麗《きれい》な人がさぁ、微笑《ほほえ》みながら持つものじゃないと思うんだよねぇ」

「……いやだわ私ったら」

私は慌ててそれを元の位置へと戻した。

この大きなショッピングモールの中で何を見てるんだと自分自身に恥ずかしくなったけれど、それだけ隼人君にこれを使ってほしいくらいに存在を縛ってほしいって思ったのねきっと……健全ねとても。

「ねえねえ、アイス食べない？」

「いいわよ。あそこで買いましょうか」

アイス屋さんに近づき、それぞれチョコとバニラのアイスを頼む。

程なくして完成したアイスを受け取り、私たちは休憩のためにベンチに腰を下ろしてアイスを楽しむ。

「美味《おい》しいわね」

「美味しいねぇ」

バニラの甘さに幸せな気分になりつつ、隼人君は今なにをしているだろうかと思いを馳《は》せる。

今日はゴールデンウィークの最終日だ。

本当なら昨日に続いて今日も隼人君と一緒に過ごしたかったけれど、お友達からお誘いが来たということでそちらを優先してもらった。

私と藍那は常に隼人君に傍《そば》に居てもらいたい、ずっとずっと私たちだけを見てほしい……そして彼にも私たちから離れられないようになってほしいと考えているけれど、彼の交友関係まで縛りたくはないから。

「姉さん、今隼人君のこと考えてる？」

「当然よ。あなたもでしょう？」

「正解♪　お友達と楽しんでるかなぁ？」

「きっと楽しんでるんじゃないかしら」

隼人君たち、本当に仲良しさんだからね。

藍那と楽しく隼人君のことをお喋《しゃべ》りしながら、アイスを食べるこの時にも私はあることを感じていた。

(……見られてるわね)

それは異性からの視線だ。

私も藍那も自分の容姿の良さを理解はしているけれど、別に目立ちたいわけでもないし誰かに自慢したいわけでもない。

隼人君と接しているおかげなのか、ある程度慣れてきたとはいえやっぱり不愉快に感じる気持ちはなくならない……そう考えると、人を好きになるって凄《すご》いことなんだなって思うのよ——だってこんなにも毛嫌いしていた男性という存在から触れてほしいって、あなただけのものになりたいって思えるほどなのだから。

「さ~てと、それじゃあ次どこ行く?」

「そうね……少し雑貨を見たいわ」

「いいね! 良さそうなのがあったらお母さんにも買って帰ろ!」

スッと立ち上がった藍那は狙いを付けるように、ゴミ箱目掛けてアイスの紙屑《かみくず》を投げる。

「よしっ！」

紙屑は綺麗にゴミ箱の穴を見事に捉えた。

でも喜んでいるところ悪いけれど、流石《さすが》に結果オーライとはいえ行儀の悪さを姉として指摘しないわけにもいかない。

「行儀が悪いわよ。ちゃんと持っていって入れなさい」

「は〜い」

全く反省の色が見られない藍那にため息を吐《つ》きつつも、この子は一度注意したら二度とやらないいくらいに良い子というのは分かっているので、今後はもう大丈夫でしょう。

「ふんふんふ〜ん♪」

「随分と機嫌が良いのね？」

「うん！　隼人君が居ればもっと最高って言えたけど、姉さんとのお出掛けだもん。楽しくないわけがないでしょ？」

「……可愛《かわい》い妹よあなたは」

「いえ〜い！」

私も藍那に対する親愛は大概だけれど、この子はたぶん……それ以上じゃないかしら。

その親愛を無駄にしないためにも、私もこの子の姉として胸を張らないといけないわね。

「さ、行くわよ」

「レッツゴー！」

それから雑貨屋に行って買い物をした後、ちょうどお昼になってぐぅっと少しお腹《なか》が鳴った。

「っ……」

生理現象として仕方のないことだと分かっていても、やっぱりお腹が鳴ってしまうのは恥ずかしい。

「お腹空《す》いたね！」

「もう！」

こういうことは指摘しないでちょうだい！

藍那からツンと顔を背け、私はとっとと先に歩く。

「ごめんって姉さん！　あ〜あ、あたしもお腹空いたから早くお昼が食べたいなぁ！」

「……本当に調子良いんだから」

「えへへ〜……あ、あそこ入らない？」

そう言って藍那が指を向けたのはカツ丼屋さんだ。

ショッピングモール内に色々なレストランなどの飲食店は存在しているけれど、ああいうお店にはあまり行ったことがない。

店内は多くのお客さんで賑《にぎ》わっており、入り口の看板には堂々と人気店という触れ込みがされている。

「ほら、私たちってあまりああいうお店には行かないでしょ？　友達と出掛けたりしたらファミレスばかりだし」

「そうね」

「だから行ってみよ？　写真を見ても凄く美味しそうだし」

「分かったわ。行ってみましょう」

カツ丼……ねぇ。

藍那と一緒にお店に入ると、元気のいい男性店員の声が響いた。

「いらっしゃいませ～！」

その声に続くように他の店員さんの声も響き渡り、雰囲気からもこのお店がとても良い場所というのは伝わってくる。

お店の中は既に満席に近かったものの、私たち二人分は空いていた。

というより……私たち二人で満席かしら？

「ギリギリだったねぇ」

「もう少しで待つ羽目になってたわ」

そうなったらそうなったで別のお店に行くのだけれど、この漂ってくる美味しそうな香り……ここを選んで良かったと思わせられる。

それから注文を済ませ、藍那と雑談をしていると思いの外早く二人分のカツ丼が届いた。

「っ……」

美味しそうなカツ丼のせいでまたお腹が鳴ってしまったけれど、今度は藍那に聞かれていなかったようで安心する。

「いただきます！」

「いっただきます」

手を合わせ、まずは一口……美味しい。

あまりにシンプルな一言だけれど、本当に美味しい……流石に連日通おうとまではならないものの、定期的に食べに来たいと思うくらいには美味しかった。

「姉さん」

「なに？」

「本当はさぁ、昨日に引き続いて今日もずっと隼人君と一緒に居たかったって思ってない？」

「当たり前じゃないの。そういうあなたはどうなのよ」

「あたしもそう！　当たり前だよねぇ」

藍那が私にそれを聞かなくても、そして私が藍那にそれを聞かなくてもこの答えは分かり切っていた。

「もしかしてあなた、隼人君を誘った彼らに不満でもあるの？」

「ううん、それはないよ。流石にそこまで行っちゃったら人としても、隼人君の彼女としてもダメだって分かってるから」

そうね……その答えも分かっていたわ。

藍那は既にカツ丼の半分を食べ……半分⁉　は、早いわね……。

「ふぅ、もう半分になっちゃった」

「よく噛《か》んで食べなさいよ？」

「分かってるよぉ。まあでも、こんなに美味しいんだから手は止まらないって話だよねぇ」

まったくこの子は……まあでも、これ以上は何も言わない。

流石にマナーの悪い食べ方をしていればうるさく注意はするけれど、藍那に限ってそれはないし心配もしていない。

誰だってご飯くらいは伸び伸びと食べたいものね……何より、対面に座る藍那が幸せそうにご飯を食べる姿は本当に可愛いわ。

（藍那の笑顔でお腹が膨れるわけじゃないけれど、心なしかそんな気がしてくるから不思議ね）

これも妹を持つ姉の気持ちなのかしら……きっとそうに違いない。

数分後――藍那は既に完食し、私も少し遅れて完食した。

「ふぅ、ご馳走様《ちそうさま》でした」

「ご馳走様でした！　美味しかったね」

「ええ、とっても美味しかったわ」

ただ結構なボリュームがあったせいでお腹が予想以上に膨れてしまい、もう少しだけここで過ごすことに。

「じゃああたし、アイス頼むね」

「また？」

「太るって心配してる？　全部おっぱいに行くから大丈夫だもん」

「別に太るかどうかは良いんだけれど……よく食べるわね本当に」

「育ち盛りだからね」

それは確かに……でも仮にお腹に脂肪が行かず胸に行くとして、それ以上大きくなったらそれはそれで大変だと思うのだけれど。

「どうしたの？　あたしのおっぱいジッと見てさ」

「いいえ、今より大きくなったら大変じゃないかって思ったのよ」

「あ〜なるほど！」

藍那は少し谷間の見える服の上から胸を持ち上げ、ゆっさゆっさと上下に揺らす。

「確かにこれ以上重くなるのは困るし、形が崩れないようにって気を遣うのも疲れるけどまあ仕方ないし？」

「それはそうね」

「でしょ〜？　結局、これ以上大きくなるなら大きくなるし気にしても仕方ないっていうか……でも良かったよね」

「え？」

藍那はニコッと微笑《ほほえ》み、言葉を続けた。

「隼人君が大きなおっぱいを大好きでさ」

「……ふふっ」

私はつい笑みを零《こぼ》した。

こんな話を私たちがしていると知ったら、きっと隼人君は恥ずかしがってしまうだろうけれど、隼人君だからこそそんな部分も愛《いと》おしく思える。

藍那は何を想像したのか、強弱を付けるように胸を揉み続ける。

仕切りのおかげで他の客席から見えないとはいえ……まあ私もそうだけど、隼人君が関わるとこうなるのだから愛の力って心地よいけど怖いわね。

「お待たせしました～」

「あ、来た来た」

注文していたアイスが届き、藍那はサッと胸から手を離した。

イチゴ味のアイスをパクパクと口に運んでいく藍那を見つめながら、私はゆったりとした時間を静かに過ごす。

「ご馳走様でした」

「ちゃんと全部食べたわね」

「甘い物は別腹だもんね。でもあたしより姉さんの方が甘い物好きだった気がするけど」

「私はあなたみたいに別腹とはいかないみたいだわ」

「それは残念♪」

こら、味わえなくて残念みたいな顔をするんじゃないわよ。

言葉を口にしなくても、表情から私の考えを察した藍那はペロッと舌を出しながらごめんなさいと謝った。

「いいわよ別に。今更あなたのことで怒ることはそうないもの」

「流石姉さん！　お詫《わ》びにチューもしてあげる！」

「要らないから……ってこら離れなさい！」

これ以上騒ぐのもどうかと思ったので、会計を済ませてすぐに店を出た。

本当にキスをしそうな勢いで抱き着いてくる藍那を必死に引き離そうとするも力が強い！　どこにそんな力があるんだと驚いたけれど、流石《さすが》に本気でキスをするつもりはなかったらしい。

「つ～かまえた！」

「きゃっ！」

ギュッと、思いっきり藍那に抱きしめられた。

一体何をするつもりなのかと身構えたが、ただ藍那はこうしたかっただけらしい。

「ちょっとそこのベンチ座ろ？」

「……分かったわ」

ガッチリと藍那にホールドされたままベンチに座った。

藍那はしばらく私の胸元に顔を埋《うず》め、満足したのかようやく体を離してくれた。

「それで、どうしたのよ」

「ううん、特に何か大事なことがあったとかじゃなくてさ――隼人君があっちから帰ってきた時、バス停で出迎えたあたしたちを見た時の顔を覚えてる？」

「もちろんよ。だってあれは――」

私と藍那で示し合わせた隼人君のお出迎え……あの時に見せてくれた彼の表情は私の心を震わせた。

たった三日程度、離れた距離に居ただけ……だというのに隼人君は私たちを見た瞬間、待ちきれなかったと言わんばかりにその表情を笑顔で染め上げた。

「私たちを必要としている顔だったわ。もちろん彼が私たちのことを想《おも》い、必要としてくれているのは分かっている……けれどあれは、今まで以上に私たちに溺れてきた証《あかし》だもの」

あぁ……なんて、なんて酷《ひど》い声音で漏らすのだろうか私は。

私は隼人君を愛している……彼のものになりたい、そんな途方もなく重い気持ちを抱く私なのに……私たちの愛に溺れる彼を見て恍惚《こうこつ》としてしまう酷い女だ。

「ふふっ、あたしも同じだよ。あの隼人君の表情を見た時、随分とあたしたちの思い描く状態になってきたなって思ったもん♪」

私と同じような声音で、きっと同じような表情で……藍那もまたそう口にした。

「でも……」

「でも……」

そして、私たちはほぼ同時に「でも」と口にした。

私は藍那と向き合い、音の消えた世界の中で口を開く。

「隼人君もそうだけど私たちもそうよね」

「そうだね……たった三日、一切触れ合えないだけで寂しくて」

「彼に触れたくてたまらなかった……触ってほしくてたまらなかった」

「その瞳で見つめてほしかった……穴が空くほど見つめてほしかった」

「彼に溺れてほしい……けれどそれ以上に私たちは彼に溺れているわ」

「あたしたちはもう隼人君が居ないとダメ……あたしたちの方が隼人君以上に溺れちゃってる」

そんな風に喋りながら見つめ合い、そして私たちはクスッとどちらからともなく吹き出すように笑った。

「私たち、ダメダメね」

「そうだねぇ。何だかんだ、あたしたちの方が重いんだもん」

私たちの愛は重い……それは世間一般で言う重い女という意味だ。

けれど隼人君はこの重い愛を受け止めてくれる……であるなら、その受け皿である隼人君を更に包み込むのが私たちの望む形。

「あたしたち……隼人君と出会って一年経《た》たずにこれだよ？　これ以上一緒に居たら……どうなるんだろうね？」

それは……どういう風になるのだろう。

私と藍那は困ったように笑うも、お互いにその内側の感情をどうしようもなく隠せていない――私たちの瞳はお互いにお互いを映しているのは確かだけれど、どこまでもその瞳の奥には隼人君の姿があるのだから。

「ふふっ！」

「あはは！」

ジッと見つめ合うのはここまでにしましょう。

私たちは立ち上がり、買い物を再開した……あぁ、隼人君に会いたいわね。

早く時間が進んで夕方にならないかしら。

▼▽

「……へっくしょん!!」

「あらあら、風邪ですか？」

「いえ……たぶん誰かが噂《うわさ》でもしてるんじゃないですかね」

咲奈《さきな》さんはスッと手を伸ばして俺の額に当てた。

あの～、風邪ではないと思うのでわざわざ額に手を当ててもらわずとも大丈夫ですって。

そう言いたくなったがしかし、この気遣いを断るのも気が引けた。

「熱はなさそうですね。以前に風邪で寝込んでしまいましたから気になってしまって……」

「いえ、でもマジで大丈夫ですよ。みんなに心配をかけたくないので気を付けていますから！」

俺は胸を張りながらそう言った。

咲奈さんを引き合いに出すつもりはないが、体調を崩してしまうと色んな人に心配を掛けてしまう……俺としては心配を掛けられるのはまだいいとしても、掛けてしまうのは嫌だからな。

「気を付けてくださいね？　私が言っても説得力はありませんが」

「そんなことないですよ。むしろ咲奈さんほど体調を気に掛けていた人が倒れちゃうんですから……それって風邪の方が一枚上手だっただけです」

そう、あれは仕方のないことだった。

そもそも咲奈さんくらい気を付けていても風邪は引くんだと、むしろ勉強になったというか……抵抗は無意味であることを思い知ったというか。

「だから気にしないでください」

「ええ、分かりました」

申し訳なさそうな表情は引っ込み、咲奈さんは笑みを浮かべた。

さて、そんなやり取りを咲奈さんとしている現在は昼の二時頃……元々友人らと遊んでいたのだが、その内の一人である颯太《そうた》に帰らないといけない用事が出来てしまい、それならと解散することになったのだ。

『別に大変なことが起きたわけじゃなくてだな……すまん。完全に用事を忘れてた……マジでごめん！』

颯太は死ぬほど申し訳なさそうにしていたが、それくらいで怒るほど俺も魁人《かいと》も器は小さくない。

家族のことを優先してやれよとそう言って颯太と別れ、その流れで明日もまた学校で会えるしなと魁人とも別れ、予定が空いた俺は一足先にこうして新条家《しんじょうけ》へとやってきたのである。

「亜利沙と藍那が気になりますか？」

「え？　あぁ……まあそうですね」

そりゃもちろんだと頷《うなず》く。

なので現在進行形で咲奈さんと過ごしていることを亜利沙と藍那にメッセージで伝えたばかりだ。

「そのまま二人に合流しても良かったのでは？」

「あ～……それも思ったんですけど、姉妹のデートを邪魔するのもどうかなって思った次第でして」

「なるほど……でもあの二人なら全く気にはしないでしょうし、隼人君が加わるなら何より嬉《うれ》しいと思うのですが」

それはそうだなって、でも咲奈さん？

そんなことを言う割にはどうして……えっと、俺の腕を抱きしめて隣に座ってるんでしょうか……。

俺の考えすぎなら別に良いんだけど、言葉とは裏腹に行かないでほしいって気持ちが伝わってくるのは気のせいだろうか。

（……あ、これあれだ）

咲奈さんは笑顔で俺を見つめている……けれどその瞳に映る寂しさのようなもの、それを俺は知っていた――母さんが寂しそうにしていた時にふと見せた目と同じなんだ。

（……時々だったけれど、母さんがこんな目をすると俺は絶対に離れられなかった……それを面倒だとも嫌だとも思ったことはない。俺の存在でその寂しさが紛れるなら、傍《そば》に居たいと思えるから）

そしてそれを今、咲奈さんに感じている。

最近の咲奈さんから感じる母性は凄《すさ》まじいし、母さんと重なる瞬間も増えてきたからな……ならば俺は、この感覚に……寄り添いたいと願う感覚に従おう。

「亜利沙たち、もう少しで戻ってくるみたいですよ。用は終わったって」

「あら、そうなんですか？」

「はい。といってもすぐじゃないみたいですけど」

別に走って帰ってくるわけじゃないので、しばらくは咲奈さんと二人っきりになりそうだ。

俺は出された麦茶をグッと喉に流し込む。

ひんやりとした冷たさをこうして感じたかったのは、ずっと腕に触れ続ける咲奈さんのとてつもなく柔らかなそれから意識を離したかったからに他ならない。

「隼人君」

「はい？」

「亜利沙と藍那が帰ってくるまで少し時間はあるでしょう？　もし良かったら何か相談事とかないですか？」

「相談……ですか？」

咲奈さんの提案に俺は首を傾《かし》げた。

「私だからこそ相談できることとかないですか？　亜利沙や藍那には言いづらいこと、大人の私だからこそ話せること……若しくはあまり他人には話せない恥ずかしいこと、とかなんでもいいですよ？」

「…………」

亜利沙と藍那について悩んでいること……いや、正直なことを言えばそんな贅沢《ぜいたく》な悩みは持っていない。

俺にとって二人は大切な女の子であり、最高の彼女なのだから。

……あ、でも一つだけあった……しかしこれを咲奈さんに相談する……？　いやいや、絶対に無理じゃねえか……？

「その様子だと何かあるみたいですね？」

「……その～」

そもそも、こうして言《い》い淀《よど》んだ時点で白状しているようなものだ。

相変わらず俺の腕を抱いたまま放す気配のない咲奈さん、しかもジッと見つめてきて完全に退路は塞がれている。

かといってこの場から逃げようとしても、ここまで気に掛けてくれている人から逃げるのかと言いたくなる……っ。

「わ、分かりました」

結局、俺は観念した。

ただすぐに考えたことを口にするようなことはせず、保険を掛けるかのようにこう言った。

「亜利沙と藍那の母親ということで……その、恥ずかしいことでも大丈夫とのことでしたので……本当に良いんですか？」

「もちろんですよ。隼人君の悩みに少しでも寄り添えるのですから遠慮なく言ってくださいな」

よし、ここまで言われたら思い切って相談してみよう。

俺がこの際だから聞いてみたかったこと……正直、こうして話してみようと思った今でも悩みに悩みまくっていることだが……行くぞ！

「咲奈さん、もしあれだったら途中で止めてくれて大丈夫ですので」

「おや、それほどのことなのでしょうか。少しワクワクしてきましたね」

ワクワク……何だろうなぁ。

やっぱり相手が咲奈さんだとどんな相談にでも乗ってくれそうな安心感がある……いや、絶対に大丈夫だと思えた。

「その……恋愛の先には必ず……エッチな行為ってあるじゃないですか」

「ありますね。セックスですね」

「あ、はい」

おっと普通にハッキリと言われてしまったぞ……。

あまりにもストレートにセックスという言葉が出たことに俺は少し啞然《あぜん》としたが、ここで黙ってしまうと続きが話せなくなりそうだったのですぐに理由を話す。

「少し前……というより、何度か二人とそういう雰囲気になることはありました。俺も男ですし二人のことはその……当然性の対象として見ていますよ、もちろん」

「でしょうね。隼人君は高校生ですし、何よりあの子たちは同性から見ても凄《すご》く魅力的ですもの」

「はい……正直、あんな魅力的な子たちが俺の彼女だなんて今でも夢のように思うことがありますからね」

本当に夢のような瞬間を生きていると思う。

でもだからこそ、夢のようだとのらりくらり出来る場面ばかりではないんだ……俺は二人のことを大切にしている――だからこそ、もっと俺自身が立派になった時にこそ本当の意味で二人と……そんな風に俺は考えていて亜利沙と藍那も分かったと頷いてくれたけど、それは果たして女性の立場だとどういう風に思うのか……本人じゃないけど、二人の母親である咲奈さんにせっかくだから聞いてみたかったんだ。

考えていたことを全て話すと、咲奈さんはなるほどと頷いた。

「確かに隼人君の気持ちも凄く分かりますし、大好きな人が目の前に居て抱いてほしいと願う亜利沙と藍那の気持ちも分かります。しかし、私がどれだけ二人の気持ちを理解しているとしても、二人の親ですから高校生の段階でその行為を容認することは出来ません」

「ですよね……」

「はい。難しい問題ですよね」

難しいと言う割には楽しそうに咲奈さんは笑っている。

話題が話題なだけに俺はこんな話をしていることを恥ずかしく思うし、何より彼女たちの母親にこんなことを話してよかったのかと考えてしまうけれど……咲奈さんはそんな俺の考えを見透かしているのか、抱きしめる腕を解きそっと俺の手を両手で包み込んだ。

「そこまで気負う必要はないと思います。確かにあの二人の立場で考えたら、今よりも更に深い繋《つな》がりを欲しがるとは思います……っ」

「咲奈……さん？」

咲奈さんは瞳を潤ませながら顔を寄せてきた。

その吸い込まれそうな瞳と甘い香りに頭がクラクラしそうになるのをどうにか堪《こら》えつつ、空いている手で太ももを抓《つね》った。

思わず痛みで顔を顰《しか》めたがこうでもしなければ……うん？　何がマズいんだこの状況……相手は咲奈さんだぞ？

（……ええい！　とにかく集中しろ集中！）

変なことを考えていた間に、咲奈さんはいつもの表情へと戻っていたが俺を見つめ続けている。

優しい眼差《まなざ》し……その目に見つめられていると本当に安心する。

先ほどまであった恥ずかしさはなくなり、ただただ母さんに相談事をするかのような心地だった。

「隼人君？　大丈夫ですか？」

「えっと……はい大丈夫です。すみません……こうして話を聞いてもらっているのが母さんに相談をしているみたいで――」

そこまで言った時、俺の顔はとてつもなく柔らかなものに包まれた。

今更これが何であるか考えるまでもない……俺は顔を咲奈さんの胸元に誘い込まれ、そして強く抱きしめられているんだ。

「隼人君がそう言ってくれるのが凄く嬉しいんですよ。香澄《かすみ》さんのようにだなんて大それたことを言うつもりはありません。ですが、偶《たま》にはこんな風に私のことを母だと思って相談でも何でも頼ってくださいね？」

俺は頷き……ってこのままだと頷けないんだけど!?

この状況で顔を動かそうとすれば、この膨らみを掻《か》き分《わ》けるように動かなければならない……なら俺に出来ることはジッとしていることだけ、そして出来るだけ声だけで反応するんだ！

「わ、分かりました」

「うん……ふふっ、この状態で喋《しゃべ》られるとくすぐったいですね♪」

なら放してくれませんかねぇ!?

それなら俺から離れようとしても、咲奈さんにこうされると一切の抵抗心を隅から隅まで奪われるというか……ずっとこうして居たいと思ってしまう……あぁ、これは最近になって感じるようになったとてつもない母性ってやつだ。

「……隼人君」

「ふぁい」

ガッチリと抱きしめられている状態、そして頭を撫《な》でるようにしながら咲奈さんは言葉を続ける。

「話を戻しますが、そこまで焦る必要はないと思いますよ。隼人君の考えを亜利沙と藍那は分かってくれたんですよね？」

「はい……ただ、俺がそう考えるならそれでも大丈夫。その代わり誘惑してその気になったら仕方ないよねってニュアンスもあったかと」

「あらあら、あの二人らしいですね」

咲奈さん……本当に楽しそうに笑ってる。

　いくらどんな相談でもしてくれと言われたとはいえ、内容としてはかなり恥ずかしいものだったが……それでもこんな風に親身になって聞いてくれたのは嬉《うれ》しかった。

「隼人君が全然抱いてくれないから嫌だ、なんて言う二人ではありませんよ。だから大丈夫です」

「男らしくない……と思わないんですか？」

「いいえ？　人には人の恋愛のペースというものがありますから」

「…………」

「隼人君が納得したその時、今よりももっと次の段階へ進みたいと思った時で良いと思います。むしろここまで想《おも》われていることを知ってあの二人は嬉しさで満足していると思いますけど」

「そう……ですかね」

　確かに、こういう考えを持っていると伝えた時の二人は別に残念そうにはしていなくて、むしろ俺らしいと言って笑ってくれたっけか。

「まだ若いのですから悩みに悩んで良いと思いますよ。亜利沙と藍那はたとえ何があっても隼人君から離れていくことはないと断言出来ます。だってあの子たちはそれだけ隼人君を想っていますから」

「ゆっくりと……考えて良いんですかね」

「良いんです。ゆっくりと考えて、隼人君のペースで大丈夫ですから」

「……うっす！　分かりました！」

「はい。良い子ですよ」

　よしよしと頭を撫でられ、しっかりと相談に乗ってくれたことも嬉しくて少し強く抱き着いてしまう。

　更なる柔らかさと甘い香りに意識を沈めるかのように、二度と抜け出せない深淵《しんえん》に入り込んでも構わない……そう思わせるこの感覚こそが、時折怖いとまで感じてしまう咲奈さんの母性……なんだろうなぁ。

　他の人には絶対に相談出来ないような内容を聞いてくれただけでなく、親身に寄り添ってくれたことに対してのお礼を咲奈さんに伝えた。

「良いんですよ。あなたの力になれたのであれば、これほどに嬉しいことはありませんから」

「そんなにですか……？」

「そんなにです♪　さて、隼人君の表情もスッキリしたみたいですし、一緒にお菓子でも食べましょう」

「あ、いただきます！」

そこからはもう和やかという言葉だけが相応《ふさわ》しい時間だった。

亜利沙と藍那が帰ってくるまでの間、お菓子を食べ、紅茶を飲みながら咲奈さんとのんびり過ごす時間……本当に穏やかで、温かくて、ずっと続けば良いと思わせられる時間だった。

そんな時間をしばらく過ごした後、亜利沙と藍那が帰宅した。

「むむむっ……隼人君とお母さんが二人っきり、何もないわけがなく？」

「何もないよ」

「本当に？」

「本当だよ」

藍那、亜利沙の順番で聞かれて俺はそう答える。

俺たちのやり取りを咲奈さんは楽しそうに見つめている……時折目が合うと話しちゃいますか？　なんて言っているように微笑《ほほえ》むので、俺としては勘弁してくださいと祈るしかない。

「あ、そうだ。お母さんこれ、良いのがあったから買ったの！」

「あら、ありがとう藍那」

「この子ったら一つ買ったら止まらなくなったのよ」

おぉ……大きな買い物袋があると思ったら、中からたくさんの雑貨が顔を見せた。

日常的に使えるものであったり特定の場面でしか使えないものもあるが、咲奈さんはどれも嬉しそうに手に取っている。

「藍那、先に部屋に戻ってるわね？」

「あ、待ってあたしもすぐに行くから」

「夕方までのんびりすると良いわ。また後でね」

「は〜い！」

早く早くと、そう急《せ》かす二人に連れられて藍那の部屋へ。

俺もそうだが彼女たちも外に居たのもあって、特に何かをしようと誰かが提案することもなく、俺たち三人は思い思いに過ごすことにした。

「……中々面白いな」

そんな時間に俺は何をしているかというと、本棚に並んでいた少女漫画を読ませてもらっている。

別に男がこういう漫画を読むことは珍しくないが、やはり少女漫画ということで普段、読むことはなく、生粋のオタクである颯太もこのジャンルには手を出していない。

「それ、結構面白いでしょ？」

「結構というか……かなり面白いな」

内容としては一人の平凡な女の子が王子様に見初《みそ》められ、段々と仲良くなり数多《あまた》の苦難を乗り越えて結ばれるシンデレラストーリーだ。

「敵の悪役令嬢も魅力的で面白い」

「良いよねぇ。敵っていうか、ライバルキャラが魅力的なストーリーって本当に面白いもん」

それには完全に同意だ。

ストーリーが面白いというのは楽しむための大前提だが、そのストーリーを作っていくのもまたキャラクターたち……そのキャラクターに魅力があれば自《おの》ずとストーリーは面白くなるし、感情移入も出来て時間を忘れるほどにのめり込めるからな。

「ライバルねぇ……ねえ藍那？　もしも隼人君を巡るライバルが現れたとしたらどうする？」

ふと、そんな質問を亜利沙は藍那に投げかけ、藍那は一切考える間もなく即答した。

「どうもしないよ。あたしや姉さんの愛に勝てる相手なんて居ないし」

「……ふふっ、それもそうね」

藍那の答えに亜利沙もまた当然かのように頷《うなず》いた。

俺としてはそんな風に取り合いをされる未来なんて一生訪れないって思ってるけど、仮にあったとしても答えは決まってるようなものだ。

「ねえねえ隼人君」

「なんだ？」

「今の話の逆でさ、あたしたちを狙うライバルキャラが現れたら隼人君はどうする？」

おっと、今度は俺にそう聞いてくるかぁ。

聞いてきた藍那はもちろん亜利沙も興味津々のようで、ジッと俺の方を見つめて動きを止めている。

さっきの藍那みたいにすぐというわけではなかったが、その言葉に対する答えは迷いなく出た。

「負けるもんかって感じかな。俺は何でも出来る人間じゃないし、出来ないことの方が多いとは思う……けど、そんな俺でも亜利沙と藍那に関することなら誰にも負けない」

「隼人君……♪」

「……うぅ～♡」

こうして言葉だけでも口にしたら喜んでくれる二人……こんな風に俺のことを好きで居

てくれる女の子を守るためなら、誰にだって負けはしないって気持ちになるのは当たり前だろう。

「そのためにももっと頑張らないとなぁ……よしっ！」

自分に気合を入れるように、パシッと頬《ほお》を叩《たた》いた。

「まずは温泉旅行前の定期テスト……俺、全教科八十点以上を目指すよ」

「凄《すご》い目標を立てたわね」

「一緒に勉強、頑張ろうね隼人君！」

「おう！」

全教科八十点以上……これに関しては、俺にとって中々に修羅の道だ。

得意教科ならともかく、苦手教科の数学や英語ともなると……本当に頑張らないと難しいか。

俺の場合その二つに関しては良くて七十点に届くかどうか、悪いと五十点くらいだし

……まあとにかく！　頑張るしかないってことだ!!

「隼人君は確か数学と英語が苦手だったわよね？」

「あぁ……壊滅的じゃないけど苦手ではあるな」

「大丈夫だよ絶対。頑張って努力する人に結果は付いてくるから」

そう……だな。

もしもこれで結果が良くなかったら……なんて想像もしてしまうけど、目標というのは高ければ高いほど良いし、大きな壁に立ち向かおうとすることに武者震いさえする。

「……ははっ、正直勉強に対してこんな風に考える日が来るなんて思わなかったよ。もちろん高校生である以上は勉強って大切だけど、立派な自分になりたいって目標が出来ちゃったからさ」

こんな風に考えられるようになったのは間違いなく、亜利沙と藍那のおかげだ。

二人のおかげだと伝えた瞬間、まずは藍那が、そして次に亜利沙がそれぞれ左右から身を寄せてきた。

ふんわりとした柔らかさに腕が包まれる感触と、二人に挟まれるこの瞬間……何度も思うけれど、最近の俺の中でこれを超える幸せはないような気が本気でしている。

「ねえ藍那、実感するわね。私たち、本当に隼人君が大好きなんだって」

「そうだねぇ。隼人君だ〜いすき！」

ストレートに好きと伝えられることに感謝を抱きつつ、咲奈さんとした会話を俺は思い出す。

（俺は俺のままで……しっかりと自分のペースで進んで良い）

少しだけ考えすぎだった、少しだけ意識しすぎていた……けれど咲奈さんの言葉が俺の固くなっていた考えを解《ほぐ》してくれた。

もちろん二人も俺の考えを知らないわけじゃないけど、やっぱり彼女たちを俺よりも知っている母親の言葉というのは大きい。

「あら、どうしたのかしら？」

「凄く嬉《うれ》しそうだね？」

気が楽になったのと二人に挟まれているこの状況に、嬉しくならない男なんて居るはずがないだろ？

優しく二人から腕を離し、逆に今度は俺から二人を抱き込む。

突然のことに驚く二人と一緒に、俺はそのまま背後に倒れ込んだ。

「……ふぅ〜！」

「ちょ、ちょっと本当にどうしたの？」

「すっごくテンション高いけど……むむっ、これは絶対にお母さんと何かあったでしょ〜！」

「さあどうだかなぁ！　亜利沙ぁ！　藍那ぁ！」

せっかくの連休最終日、そしてせっかくの二人との時間だ。

ならば彼女たちの彼氏として、俺に許された特権を最大限に利用させてもらおう！

俺は抱きしめた二人を更に強く抱き寄せ、ただただこうしているだけの体勢を楽しむ……というより、やっぱりスタイルの良すぎる二人だからこそ柔らかな感触がより一層伝わってくる。

「あらあら、そんなに私たちと引っ付きたかったの？」

「イチャイチャしたかったんだねぇ。でもそれはあたしたちも同じ！」

俺の両足を拘束するように、二人の足が絡みつき、更に手が俺のお腹《なか》をスリスリと撫《な》でてくる。

いや……ただ俺はこんな風にまったりイチャイチャしたかったんだ。

でもやっぱり二人とこうして引っ付くと段々と空気がいやらしくなるというか……ドキドキしてしまう。

(こうなることくらいすぐに予想出来るし、分かってただろ俺……つうか今更思ったんだけど、勉強を頑張るのって立派な俺になりたいっていう意思があるのはそうなんだが……一番はその後に控えた温泉旅行じゃね？)

温泉旅行が控えているからこんなにも頑張ろうとしてるんじゃゃ……あながちそんなことはないとも言えないので、絶対に温泉バフのようなものはありそうである。

「落ち着くわね……」

「そうだねぇ……」

落ち着く……そうだなと俺も頷いた。

さて、それから俺たちはどれだけそうしていただろうか……どちらからも離れようとせず、そのまま会話を続けて時間が経《た》った時、亜利沙がこんなことを言った。

「勉強を頑張りたいっていう隼人君のために私と藍那で考えたことがあったのよ」

「え？」

「一緒に勉強をする中で、隼人君がやる気をもっと出せるように癒やしてあげる方法を考えたの。楽しみにしていてちょうだい」

「ほう……」

それは一体……取《と》り敢《あ》えず、その癒やしの方法に関しては実際に試験勉強が始まってからのお楽しみらしい。

「それにしてもさぁ、今年のゴールデンウィークは最高だったよ。隼人君が居るし、姉さんやお母さんとも楽しく過ごせたし」

「そうね。また来年も……来年は最初からずっとこうして過ごしたいけれど」

それは俺も望むところではあるけどね。

来年の話だしどうなるか分からないけど、またこんな風に二人と幸せに過ごせるゴールデンウィークが訪れてほしいものだ。


こうして、二人の彼女と過ごすゴールデンウィークは終わり学校が再開した。

俺が頑張ると宣言した定期テストが近いというのもあり、授業の内容もそれを見据えて先生たちも教え方に気合が入っている。

「テスト……うぅ、大丈夫か俺！」

「留年は嫌だ留年は嫌だ」

「テストのない世界に行きたい！」

毎度おなじみというか、テスト前になると大体こんな風に一部のクラスメイトは阿鼻《あび》叫喚《きょうかん》という様相を見せる。

「テスト前って感じだなぁ」

「……俺もヤバいかもしれん。マジで頑張らないと」

親友の二人……颯太はいつも通りだが、魁人はお世辞にも成績が良いとは言えないので今からテストに怯《おび》えていた。

「魁人、勉強すれば結果は必ず付いてくる。だから頑張ろうぜ」

「お、おう……なんだよ隼人。なんだかめっちゃ気合入ってね？」

「それ俺も気になってたわ。何かあったのか？」

その言葉に俺は力強く頷《うなず》く。

「俺は今回、全教科八十点以上を目指す」

俺の宣言に二人はマジかよといった表情を隠さない。

学力のある人からすれば簡単な目標かもしれないけど、俺からすれば達成するのは難しい……それでも俺は頑張る。

温泉のため……もあるけど、目指すべき俺に近づくために！

「……ふふっ♪」

「亜利沙？」

「いきなり笑ってどうしたの？」

「何でもないわ」

亜利沙から向けられる微笑《ほほえ》ましいというような視線……それには当然気付かないように心掛けてたけど、そんなに温泉が楽しみなのかしら的なことを思われてるんだろうなぁ。

思ってるよ、悪いか⁉

待ってろよテスト！　軽くなぎ倒してやるから覚悟しやがれ！

四、テストに向けて、そして――

otokogirai na bijin shimai wo namae mo tsugezuni tasuketara ittaidounaru

　五月中旬に行われる定期テストに向け、俺のモチベは高かった。

　颯太《そうた》や魁人《かいと》でさえ、何がそこまで俺をやる気にさせるのかと気になるほどらしいのだが、勉強に関してはどんな理由があるにせよ大事ということで、俺に影響されたのか彼らもやる気に満ち溢《あふ》れている。

『颯太ったら隼人《はやと》君に負けられないって勉強頑張ってるのよ』

『うちの魁人も同じだわ。親友が頑張ってるんだから俺もってね』

　冷蔵庫の中身が少々寂しくなってきたので、商店街へ出向いた際に偶然二人のお母さんと顔を合わせる機会があった。

　その時にこんなことを言われ、改めて颯太と魁人が頑張っていることを聞いて、更に俺のやる気を引き出してくれたんだ。

（……ははっ、俺って単純だな）

将来の下積みと予定されている温泉旅行……大よそどちらに振り切れているかはこの際どうでも良いとして、まさか友人の頑張りが刺激となって更なるやる気を引き出されるとは……自分でも笑っちゃうくらいに単純だけど、こうやって勉強を頑張ろうとするのも良い傾向だろう。

そして、その頑張りはしっかりと結果を出してくれている。

「……よしっ！」

俺がガッツポーズしたのは先生から返された小テストの結果を見たからだ。

本番のテストを想定した少ない問題数ではあるのだが、苦手な数学や英語で中々良い点数が取れている。

これも全て俺の努力が反映されているのもあるだろうし、何より一緒に勉強してくれる頼れる先生二人の存在が大きい。

「……ふへっ」

おっと、つい彼女たち二人との勉強会を思い出して気持ちの悪い笑みを零《こぼ》してしまい、誰かに見られていなかっただろうかと軽く辺りを見回す。

まず、左側に座る男子——二年生になってから知り合って仲良くなり、最近絶賛剣道にハマっている入江《いりえ》君だ。

「う～ん……流石《さすが》にこれはマズいな。しっかり勉強しないと……」

手元の小テストの結果にしか意識が向いていないようで、こちらは全然大丈夫だった。

では次に反対側の亜利沙《ありさ》だが……彼女はバッチリと俺を見ており、目が合うとクスッと微笑まれてしまった。

「随分と嬉しそうね。その様子だと小テストの結果は良かったの？」

はい、しっかりと見られていたようだ。

俺はあははと頭を掻《か》きながら頷き、相変わらずクラスメイトには関係を知られないよう呼び方に気を付けて口を開く。

「あぁ……新条《しんじょう》さんの思った通りだよ。最近の勉強の成果かな」

「あらそうなのね。しっかり勉強出来ているようで何よりだわ」

これが家ならば、学校外で一緒に勉強をしてくれる亜利沙と藍那《あいな》のおかげだって言えるんだけど、流石に学校だとこれくらいが限界だ。

しかし亜利沙が言ったように勉強している成果はこれでもかというぐらい出ていて、俺にとって物凄《ものすご》く自信に繋《つな》がっているわけだが……彼女たちとのあの勉強方法で頑張らないわけがないなと俺は苦笑する。

（いやいや、あんなの誰だって頑張るだろ……めっちゃ単純だけど、二人と勉強する時間

が楽しみなんだよな）

柔らかくて良い香りがして……疲れた脳みそに効く抜群の万能薬、そして耳元で囁《ささや》かれる頑張れの言葉に俺の心は奮い立つんだ！

文章にするとお前は勉強をしているんだよな？　ってツッコミが入りそうだけど、これは間違いなく勉強だ……だって勉強しているからこうして結果が出たんだぞ？

「堂本《どうもと》君、何を想像しているのか分からないけれど程々にね」

「あ、あぁ……ごめん」

「良いのよ……ふふっ♪」

たぶん、亜利沙はなんで俺が笑ったのかは分かったはずだ。

分かって嬉《うれ》しそうにしているのはたぶん、彼女たちがしてくれたことを俺が喜んでいるからに違いない……改めて考えても俺ってどれだけ幸せ者なんだ。

「取り敢えず……この調子でもっと勉強を頑張るよ」

「ええ、応援しているわ。そして、一緒に頑張りましょうね？」

その言葉に俺は強く頷いた。

これからテストまで毎日やるかどうかは分からないけれど、少なくとも今週の放課後は毎日新条家で彼女たちと一緒に勉強する予定になっている。

『何ならこれからずっとテスト明けまで泊まっても良いんじゃない？』

『そうね……どうかしら隼人君』

そんなありがたい提案を亜利沙と藍那からされ、咲奈《さきな》さんも乗り気だったみたいだが流石にそれは迷惑だろうと断った。

もちろん全然迷惑に思われないことが分かっていたとしても、それだけの長い時間家を空けるのもどうかと思ったし、実を言うとそんなに長い期間を彼女たちと一緒に居たら、それこそ色んな意味で堕落しそうになるのが怖かった。

（だって亜利沙と藍那だけじゃなくて、咲奈さんも居るんだぞ？　一日泊まっただけで永遠に浸りたくなるのに、それがテスト明けまで泊まったら後戻り出来なくないか……？）

…………。

いや、よくよく考えたらそれこそ彼女たちが俺に言った溺れてという言葉の到達点になるんだろうか。

それは……きっとあまりにも心地よく、怖いくらいに幸せに満ち溢れているのだとしたら、いっそのこと飛び込んで捕まってしまっても悪くないなんてことも考えてしまう。

「堂本君、集中しないと」

「っ……あぁ」

小テストの返却がされたとはいえ、まだ授業中だった。

意識を引き戻してくれた亜利沙に感謝をしつつ、その後はしっかりと授業に集中した。

そして時間は流れ放課後となり、俺は親友たちと教室を出た。

「今日もお疲れだったなぁ」

「ま、疲れるのはまた帰ってからだぜ……勉強だよ勉強」

「テストは一週間後だ。頑張ろうぜ二人とも」

俺の言葉に二人は頷き、その様子から見てもやっぱり俺と一緒でテストに向けたモチベーションはかなり高そうだ。

(二人が俺の勉強風景を見たらなんて言うんだろう……)

普通に殺されそうな気がするので絶対に口には出来ないし、そもそも彼女たちとのプライベート空間なのだから、万が一見られるという心配もないか。

「ねえ藍那、今日もすぐ帰っちゃうの？」

「当たり前じゃん。テスト勉強しないと！」

「……はぁ、やっぱ勉強しないとだよねぇ……遊びたいなぁ」

亜利沙と一緒に帰るため、呼びに来た藍那が向こうからやってくる。

すれ違う瞬間、パチンとウインクを一つされたがそれに気付けたのは俺だけだったらしい。

「新条さんも勉強すんだな〜」

「姉妹揃《そろ》って凄《すご》く頭良いんだろ？　それでも勉強って凄いよな」

そうだぞ？　亜利沙と藍那は凄く頭が良いし、教え方だってとても分かりやすいんだって、何故《なぜ》か俺が胸を張りたくなるほどだ。

また後ですぐ会うことになる藍那とはそのまますれ違い、俺たちは他の生徒たちに交ざるように下駄箱《げたばこ》へ向かい、少ししか絡みのないクラスメイトにも挨拶をして学校を出た。

「この時期になると部活も委員会もないから人が多いわやっぱ」

「果たして何人がちゃんとテストのために時間を使ってるか分からんけどさ」

「ま、何人かは良い機会だってことで遊び歩くだろうな」

いくらテストを控えているとはいえ、どう過ごすかはその人次第だ。

勉強を頑張ろうが遊び歩こうが文句はないし、それで結果が出た時に喜ぶか後悔するかもその人の問題だ。

「じゃあこの辺で」

「おぉ」

「またな」

そうして手を振り合い、俺たちは別れようとしたのだが……何やら颯太が地面に落ちていた木の枝を拾った。

「颯太？」

「どうした？」

なんだなんだ？　もうこれから帰ろうかって時に……。

颯太は何を思ったのか、俺たちに向かってその木の枝を向けた。

「魔王の部下共、よくもノコノコと現れたものだな？」

「…………」

「…………」

俺と魁人は突然のことに顔を見合わせたものの、そういえば最近は全く遊んでいなかったし、こういう茶番がしたいんだろうと思い、付き合うことにした。

「ふっ、バレたら仕方ない。勇者よ、この状況をどうするんだ？」

取《と》り敢《あ》えず颯太は勇者ってことで。

「俺たち二人を前に一人でどうにか出来ると思っているのか？　だとしたらあまりにも甘い考えだぞ勇者」

何だかんだ、魁人も乗り気である。

颯太はニヤリと迫力があるのかないのか分からない笑みを浮かべ、シャキーンと効果音が付きそうなポーズをした。

「俺がお前らごときに怯《ひる》むとでも？　俺はお前たちを倒し、そして魔王を討伐して国に帰るんだ——俺を待っていてくれている王女のために」

あ、そういう設定なんだ。

俺はちょっと訊《たず》ねてみたいことが出来たので口にした。

「その王女は可愛《かわい》いのか？」

「もちろん可愛いぞ」

颯太が自信満々に頷《うなず》くと、魁人が更に続く。

「どんな風に可愛いんだ？」

「それは……って魔王の部下はそういうこと訊《き》かないだろ！　ええい、俺を惑わす魂胆だろうがそうはいかん！　ゆくぞ貴様ら！」

そう言って颯太は木の枝を振り上げ、俺たちへ攻撃してくる！

しかし、そこでチャリンチャリンとベルを鳴らしながら自転車に乗った女子中学生たちが通り過ぎていく……クスクスと笑う声が聞こえてすぐ、俺たちは真顔になって茶番をやめた。

「何してんだ俺たち」

「お前が始めた戦いだろ」

「……やれやれだぜ」

首を振った俺だけど、確かにあの中学生たちに俺たちがどんな風に見えたのかはあまり考えたくもないな……ふぅ、このことは忘れよう！

その後、俺たちは今度こそ別れた。

それからどこにも寄り道をせず、新条家へ向かうのだった。

そうして新条家に着く頃には当然、亜利沙と藍那は先に帰っていた。

出迎えてくれたのは藍那だ。あの後に亜利沙と一緒にそのまま真《ま》っ直《す》ぐ帰ったとのことだ。

「ごめん、ちょっと遅れたか」

「そんなことないわ。さあ、今日もお勉強頑張りましょう」

「そうだよ♪　ほら、早く座って座って」

トントンと藍那に肩を叩《たた》かれたかと思えば、待ちきれないと言わんばかりに背中を押されて亜利沙の部屋まで招かれるのだった。

亜利沙の部屋の真ん中にはこの勉強会のために、押し入れから出されたそこそこ大きな丸テーブルが置かれており、俺たち三人がこのテーブルを囲んで勉強道具を広げても全然余裕のある大きさだ。

「よっこらせっと」

床に腰を下ろした俺に続くように亜利沙と藍那も座る。

二人はブレザーの上着を脱いでワイシャツの状態になり、外では決して見せない解放的な姿が目の前に広がった。

（……おかしい。ただ上着を脱いだだけなのにエロい）

……こう考えてしまう俺がダメなんだよなぁ。

けど上着を脱ぐ際に露《あらわ》になる白いシャツ、その上から薄《うっす》らと見える下着の色や豊満な膨らみ……最初は勉強に集中出来るかなって不安もあったけど、意外とどうにかなった……というかどうにかなってるから勉強が続いているわけだけどさ。

「……よしっ！　やるぞ今日も。二人とも、お願いします！」

「ええ、頑張りましょう」

「よろしくねぇ！」

俺は気持ちを切り替えるよう、パシッと頬《ほお》を叩いた。

放課後ということであまり時間は取れないが、基本的に六時くらいまではみっちりと勉強している。

咲奈さんが途中で帰ってくるけど、勉強が終わって俺たちが部屋から顔を見せるまでは声を掛けてこない気遣いもしてくれる。

「…………」

俺も亜利沙も、そして藍那も無駄話をせず各々の勉強を進めていく。

もちろんこうして勉強していると分からない問題が出てきて、俺が一人ではどうしても解くことが出来ず詰まってしまうことは何度もある。

しかし、そんな俺を救ってくれるのが彼女たちだった。

「これは……」

「どこが分からないの？」

「言ってみて」

「あぁ、ありがとう」

俺が詰まったと見るや、亜利沙と藍那が手を止めて顔を近づけた。

彼女たちの手を止めてしまうことに申し訳なさはあるが、このことについてはもう俺と彼女たちの間で話が付いている——俺のために時間を使ってくれる彼女たちのためにも結果を出す！　それもまた俺のやる気へと繋《つな》がっているんだ。

「ここの問題なんだけど、これってこの公式を使うのかな？」

「ううん、その問題はまた違う公式を使うのよ」

「そうそう。見分ける方法があってね、これは──」

　一人だったら果たしてどうなっていたか……そう思えるくらいに、こうして丁寧に教えてくれる二人には感謝しかない。

（単純に高い点数が取れる人も頭が良いんだろうけど、こんな風に誰かに教えることが出来るのもそれ以上に頭が良い証《あかし》なんだろうな）

　こうして二人に教わっているとそれをしみじみ実感する。

　亜利沙と藍那もそれぞれ教え方に違いはあるけれど、どちらもスッと頭に入り込むほどに分かりやすく解説してくれるので、本当に二人って凄いなと何度も思う。

「ありがとう二人とも、じゃあ……こうして……こうか」

「そうね。正解よ隼人君」

「凄い凄い！　凄いよ隼人君♪」

　そしてなんといっても二人は褒め上手《じょうず》！

　俺はどうも褒められたら伸びるタイプらしく、それを亜利沙と藍那も分かったのかとにかく褒めてくれるんだ。

鞭《むち》よりも飴《あめ》多めに……それがどうやら俺には一番良いらしい。

（大切な彼女たちとのテスト勉強……一年の時にも少しやったけど、その時はここまで気合は入ってなかったようにも思える……うん。勉強をしている今の俺、めっちゃ充実してる）

現状があまりにも良い方向へと動きすぎてて怖いくらいだけど、これをもっともっと繋げて伸ばしていく……そのためにも頑張るぞ。

そこから一段ギアを上げるように集中力を高めた。

もちろん分からない部分があれば二人に聞きながら完璧なものへとしていき、そうしてピピピピッとストップウォッチの音が鳴った。

その音は休憩の合図。

三十分みっちりと勉強、そして五分の休憩を挟んでこれを繰り返すのが勉強会の主な流れだ……そして、ある意味で俺が待ち望んでいる瞬間でもあった。

「はい、休憩ね」

「は〜い」

「……ふぅ」

一息吐《つ》き、あたかも待ってませんよといった顔をする。

これは俺の僅かな抵抗みたいなものだが……たぶん、そのことにも二人は気付いているんだろうなと半ば諦めてはいるが。

「昨日は藍那からだったわよね。だから今日は私からよ」

「分かってるよぉ。あたしは飲み物を取ってくるから、姉さんは隼人君を癒やしてあげてね～」

藍那が部屋を出ていき、亜利沙は俺の隣に腰を下ろした。

そのまま彼女は腕を広げて俺を待っている……俺は腕を広げる彼女へとゆっくり近づき、その胸元へ顔を埋《うず》めた。

「よしよし、お疲れね隼人君。しっかり出来てえらいわよ」

「あ～……俺、このために頑張ってるのかもしれん」

「あん♪　胸元で喋《しゃべ》られるとくすぐったいわ」

そう、これこそが勉強会の休憩中に行われることだ。

勉強によって消耗した体力というか、脳の疲れを癒やすように亜利沙と藍那がこうして俺を包んでくれる。

することはただ一つ、彼女たちの胸元に顔を預けると同時に抱擁してもらうことだ。

（……落ち着くし幸せな気分だ……こんなのされたらもっと頑張ろうってなっちまうって

の）

これを五分間行う……これが前に二人が言っていた勉強を頑張るための癒やしの時間ということで、俺にぶっ刺さりだった。

「どう？　疲れは吹き飛ぶかしら？」

「吹っ飛ぶわマジで」

「ちなみに藍那はこの時間が大好きみたいよ。いつも隼人君が赤ちゃんみたいで可愛いって言ってるから」

「赤ちゃん……かぁ」

それはそれでどうなんだと言いたくなるけど、もはや赤ちゃんって言われても構わないくらいの瞬間だもんな……恥はもう捨てたぜ俺は。

キッチリ五分間、亜利沙に癒やしてもらい再び勉強の時間だ。

藍那が持ってきてくれたジュース、そしてチョコレートでの糖分補給もあって更に頭の方もバッチリ……さあまた頑張ろうか！

そうして勉強と休憩を繰り返しながらタイムリミットの六時を迎え、今日の勉強会は終了した。

「……ふぃ～終わったぜぇ……あ～～～」

天井に向かって腕を伸ばし、体を解《ほぐ》した。

休日ならともかく、平日の放課後にこうして新条家で勉強しても二時間程度が関の山だけど、これだけ疲れながらも充実感があるのはそれだけ頑張った証だと俺は思っている。

「お疲れ様隼人君」

「今日も頑張ったね♪」

「あぁ……二人もお疲れ様。そして今日もありがとう」

これは当たり前のことだけど、俺は二人にいつもお礼を言っている。

もちろん何かしてもらったらその都度お礼は口にしているけれど、俺のためにこうして時間を使ってくれているんだから、たとえ必要ないと言われても、感謝の言葉を伝えないと俺は落ち着かない。

「お礼は要らないって言ってるのに」

「そうだよ？　あたしたちが好きでこうしてるんだから」

「それでもだよ。些細《ささい》なことでもお礼を言わなくなった時点で、大事な何かが抜け落ちてしまう気がするからさ」

その大事なものが何であるかは正直なところ分からない。

それでもスッと出てきたその言葉が間違っておらず、心に留めておくべき大切な言葉であると思っている。

「だからありがとう二人とも」

ありがとう。文字にしてみればたった五文字……言葉で伝えてもたった一言で終わるけれど、それでも大事な言葉だと俺は思っているから。

「……もう、隼人君ったら」

「ほんとに素敵すぎ」

「え、ちょっと……うおっ⁉」

俺は二人に押し倒されてしまった。

グッと体に力を込めたが意味をなさず、それならばと二人の体の下にせめて腕を入れるようにするのがやっとだ。

「ありがとう……たった一言がこんなにも心に染み渡るなんて思わなかったわよ」

「そうだね……あたしたちも気にせず使ってる言葉だし、何気ない瞬間に言われる言葉でもある」

「こんなにも嬉《うれ》しくなる言葉なのね……不思議だわ」

「うん……心が晴れやかっていうか、凄《すご》く嬉しいもん♪」

ニコッと微笑《ほほえ》む二人に釣られるように、俺もまた微笑んだ。

さて、こうして俺たちは三人横になってのんびり微笑み合っているわけだが、時刻は六時を過ぎて……あ。

「そろそろ下に降りないか？」

「そうね。気を利かせて母さんは顔を覗《のぞ》かせていないし、まだ勉強が長引いているって思っているのかも」

「あはは、だとしたら寂しくしてるかな？　あたし、先に行ってる！」

パッと立ち上がって藍那は部屋を出ていった。

開け放たれたままの扉が彼女の落ち着きのなさを物語っていて、俺と亜利沙はまたクスッと笑う。

「元気の塊というか、あの子にはもう少し落ち着きが欲しいところね」

「元気いっぱいの藍那も魅力的だけどね」

「それはもちろんよ。あの子が笑ってくれているなら、あの子の姉としてこれ以上の喜びはないもの」

亜利沙と藍那の仲が良いのは分かっている……でも、普通の姉妹愛よりも二人の親愛が深いものであることも理解しているつもりだ。

「何度か言ったことあると思うんだけど」

「なに？」

「亜利沙は藍那のこと……大好きだよな？」

「あらそんなこと？　そんなのは当たり前よ。妹のことを好きじゃない姉なんて居ないとは言えないけれど、少なくとも私は藍那のことを心から大好きだと思っているわ」

「うん。知ってたさ」

亜利沙の様子を見ていればそれを分からない人なんて居ないだろう。

二人の恋人として過ごすことに幸せを感じるのはもちろんだが、姉妹間でのやり取りも俺を和ませてくれる。実を言うとそっと眺めているだけでも満足出来てしまうんだが……うん。

「ねえ隼人君」

「うん？」

「藍那は……私以上に男の子が苦手だったわ。それこそ少しでも体に触れただけで拒絶してしまうほどに。けれどあの子は今、隼人君の傍《そば》で屈託のない笑みを浮かべている……それが私は凄く嬉しいの」

「……そうか」

「ええ、だから本当にありがとう隼人君。私たちと出会ってくれて、私たちと想《おも》いを繋《つな》い

にした。
　お互いにずっとありがとうって言い合っていることに気付き、さっさと下に降りること
　そんなの、俺の方が途方もないほどのありがとうを伝えたいよ。
でくれてありがとう」

にした。

　咲奈さんが作ってくれた夕飯を食べて今日は解散だ。

「それじゃあ隼人君、週末は約束の通りにね？」

「絶対だよ？　これで実は用事が、だなんて嫌だからね？」

「こら二人とも、あまり我儘《わがまま》を言うんじゃないの」

　亜利沙と藍那に、咲奈さんから軽い注意が飛ぶ。

　しかしながら二人はそれを全く意に介することなく、俺をジッと見つめたまま返事を待っている。

「大丈夫、何も用事はないから絶対に来れるよ」

「ええ！」

「うん！」

　一体何の話をしているかというと、週末にここへ泊まりに来る話だ。

　テストに向けての大詰めということで、夜も二人と一緒に勉強をする約束をした……ま

あそうは言っても、これは元々していた約束でもあったので再確認みたいなものだ。

「そうですか！」

亜利沙と藍那はともかく、咲奈さんも嬉しそうに手を叩《たた》きながら喜んでくれた。

彼女たち一家に歓迎されていることの嬉しさを胸に留めたまま、俺は新条家を後にするのだった。

暗い夜道を歩いて、無事に我が家へ帰還した。

ただ玄関を開けてすぐに、廊下に転がるカボチャの被《かぶ》り物《もの》を目にして俺は心臓が飛び出そうになった。

「な、なんで……!?」

暗がりに転がるカボチャ頭……こんなの小さい子だったら泣き出してもおかしくない光景だ。

というかなんで俺の部屋にあるはずのこれが……？

不可思議な出来事に俺は霊感でも高まったかと考えたが、ここで今朝の出来事を思い出した。

「……そうだった。魔除《まよ》けに置いといたんだったわ」

実は朝食の時に見ていたテレビの占いの結果が最悪だった……それで運の悪さを追い払

うのに必要なこと、それが玄関に人に恐怖を与えるようなものを置くというものだった。

「俺、めっちゃビビってたし正解だったか」

このカボチャは俺と新条家のみんなを繋いでくれたラッキーアイテムに違いないけれど、不意打ちで見たら怖いと感じる。

まあ明るいところだと、このニヤニヤと人を小馬鹿にしたような顔にはイラッとさせられるけどまあ……まあね……まあね。

「……ただいま、ってなんで俺はこいつに挨拶してんだよ」

これでもしもこのカボチャ頭がおかえりなんて言ったら完全に呪われていると思うので、すぐさま粗大ごみ置き場に持っていってやる。

「…………」

しばらく見つめていたが当然こいつが喋《しゃべ》ることはなく、俺は小さくため息を吐《つ》いて部屋に戻るのだった。

「ま、外でもらった呪いかなんかは弾《はじ》かれてそうだけど」

もし幽霊とか悪霊に取り憑《つ》かれても、こいつのおかげでどうにかなりそうではある。

「……ふぃ〜」

部屋に戻り、俺はすぐにパジャマへと着替えた。

既にあっちで入浴を済ませているので、家で風呂に入る必要もない……とはいえ、俺の夜はこれからだったりする。

「さて、やるか」

彼女たちの家から帰ったらもう寝るだって？

まだ寝るには早すぎるので、今からやることは今日勉強したことの復習である。

一人で使うのにちょうどいい小さな丸テーブルに勉強道具を置き、俺はそれから一時間ほどみっちりと勉学に勤《いそ》しむ。

「……ちょい休憩するか……はぁ寂しい」

寂しい……家に一人というのもあるけど、休憩時間になってもあの天国のような瞬間が訪れないのもなぁ……寂しいなぁ。

「あれの効果……凄かったんだな」

休憩の時間が来る度に亜利沙と藍那が代わる代わる癒やしてくれる。

あれは更なるやる気を誘発してくれるのもそうだけど、何より疲れたはずの脳みそが一瞬で休まるというか、とにかく言葉に出来ないほどに俺に対して効果があった。

あれが亜利沙と藍那の生み出した究極の癒やし術……最高だぜ。

「うん？」

　そんな風に二人にしてもらったことを思い返していると、まるで見計らったかのように彼女たちからメッセージが届いた。

『隼人君のことだから今も勉強しているんでしょう？　あまり無理はしないでね？　根詰めすぎても逆効果な場合もあるし、何より一休みの癒やしをあげられないから』

『隼人君！　たぶん凄く勉強頑張ってると思うんだけど、無理は本当にダメだからね？　疲れたらちゃんと休憩を取ること！　あたしがそこに居ないからパフパフも出来ないからね！』

　二人のメッセージに俺は大丈夫だよと苦笑したが、藍那に関してはパフパフなんて言葉どこで覚えたんだろう……この子、絶対に狙ってるよな、そうに決まってる。

　二人ともメッセージの内容は似通っているが、その言葉選びはそれぞれ個性が出ていて面白い。そして、それ以上に嬉しいのはもちろんだ。

「えっと……軽く復習しているだけだから大丈夫だっと」

　心配してくれてありがとうとも付け加えて返事をしておいた。

　別に最初から無理をするつもりはなかったけど、二人にこう言われてしまったらやっぱり少し無茶《むちゃ》をしようともならない。

「……あと少しだけやってから寝るか」

テストまでまだ一週間と少し……いや、この場合は後それだけしかないと見るべきか？

何にせよ、基礎を固めて応用問題も出来るようになる。

そうして自分の培った力を信じて本番に臨む……それで大丈夫なはず。

「まあ中間テストはこれでいいけど、期末テストになると出題範囲も広がるし教科も増えるんだよなぁ……ええい！　今は目の前のテストのことだけ考えろ！」

さあ、今日は残り三十分だけ頑張ろう。

パシッと軽く頬《ほお》を叩き、俺は正に集中の極みのような状態となって勉強に勤しむのだった。

▼▽

それからの日々、テスト本番に向けて全てが充実していた。

学校での勉強はもちろん、亜利沙や藍那との勉強会の成果も小テストなんかでしっかりと出ており、自分の成長を強く実感出来る日々だ。

もちろんまだまだという部分はあるけれど、この調子で行けば間違いなくテストは満足出来る結果になるはず……油断は禁物、しかしそれくらいに自信を持てているのも確かである。

（気を抜くなよ……この調子で行くんだ。そして良い結果を出して、良い気分のまま彼女たちとの温泉旅行へ行く！）

そんな気持ちを胸に、俺はとにかく残りの日数を突き進むだけだ。

……とはいえ、勉強ばかりというのも息が詰まるので今日は少し違うことをしようと思う。

「あれ、隼人もう帰るのか？」

「あぁ！　ちょい急いでてな！」

「そうか……また明日な！」

「おうよ！」

友人たちにそう伝え、俺はすぐ教室を出た。

一応亜利沙と藍那にも寄り道をしてから家に向かうことは伝えているので、俺はただ目的を遂行するのみ！

学校を出て向かった先は多くの建物が立ち並ぶ駅前——その一角にある有名なケーキ店、そこが俺の目的地だ。

「まだ残ってるかな……」

俺が買いたいのはすぐに売り切れてしまうと言われる限定ケーキだ。

大切な時間を使って俺と一緒に勉強をしてくれている亜利沙と藍那、そして二人に世話になってるのはもちろんだけどそれは咲奈さんも同じということで、彼女たちへのお礼として俺はケーキを買おうと思ったんだ。

「……よしっ！」

お目当てのものを見つけた瞬間、俺は思わずガッツポーズをしていた。

正直買えなくても別のものを買って帰ろうとは思っていたが、実際にこうして残っていたのは嬉《うれ》しい。

しかも四つ、ちょうど俺たちの人数分だ。

「ふふっ、いらっしゃいませ。限定ケーキをお求めですか？」

「はい！」

店員のお姉さんに微笑《ほほえ》ましく見つめられたのが恥ずかしかったが、限定ケーキ四つ買って俺は店を出るのだった。

今日は咲奈さんの仕事も早上がりだったらしく、新条家に着くと三人が俺を出迎えてくれ、三人揃《そろ》っているならちょうどいいと思い早速買ってきた限定ケーキを見せた。

「これって……もしかして？」

「駅前のケーキ屋さんのやつじゃない!?　ほら、限定の！」

「どうしたんですか？」

「実は……」

急いで学校を出たのはこれを買いたかったから、そして三人に対する日頃のお礼だと伝えた。

「それであんなに急いで……もう隼人君ったら♪」

「ありがとう隼人君……えへへ、すっごく嬉しいよ♪」

二人がニコッと笑顔を浮かべてくれたので、どうにか頑張って良かったなと自分で自分を褒めたい気分だ。

「私にもありがとうございます、隼人君」

「いえいえ、咲奈さんの分も買ってくるのは当然です」

いつもならすぐに部屋に行って勉強タイムだが、せっかくなので先にケーキをみんなで食べることにした。

「……美味《おい》しいわね」

「おいひぃ！」

「今までに食べたことのない食感……凄《すご》く美味しいです」

三人がそう言ってくれたのを見届けた後、俺もケーキを口に運び……不覚にも語彙力を失うくらい美味しくて、あっという間に完食してしまうくらいに夢中になってしまい……。

「あ、隼人君クリームが付いてるよん」

「え？」

藍那が人差し指で俺の頬に付いたクリームを取り、そのままパクッと指を咥《くわ》えた。

そのままレロレロと夢中になって指のクリームを舐《な》め取《と》る姿がかなりエロく……ってエロすぎるだろ!? 亜利沙と咲奈さんも居るってのについ夢中になって見ちまったぞ……っ！

「隼人君？」

「……いや、見ちゃうのも仕方なくない？」

「分かってるわよ。私がすれば良かったわ……」

「えへへ～♪　早い者勝ちだもんねぇ」

煽《あお》るような藍那の言い方に亜利沙がムッとしている。

仮に亜利沙が同じことをしたとしても最高にエッチだとは思うけど、ちょっとこういうところだと困るから個別に……って俺は何を言ってるんだ何を。

「ご馳走様《ちそうさま》でした」

「ご馳走様でしたぁ♪」

その後、みんなも食べ終え満足そうな様子を見せてくれた。

今回こうして俺はケーキを買ってきたわけだけど、この笑顔が俺は一番見たかったんだ……よし、この笑顔のおかげで俺は今日も勉強をいつも以上に頑張れそうだ！

「じゃあ勉強すっべ！」

「は、隼人君……？」

「隼人君が燃えてる……！」

「頑張ってくださいね隼人君。亜利沙と藍那もね」

今の俺はもしかしたら、地球に迫る隕石《いんせき》すら跳ね返すことが……出来るわけないかごめんなさい。

でもそれくらいのやる気があるってことだ。

それからまたいつものように亜利沙の部屋へと向かい、彼女たちと勉強を頑張りつつ合間の癒やしをたっぷりと味わいながら、また今日という充実した一日を終えていく。

▼▽

これはただの我儘《わがまま》だ。

こんな風に何かを目標にして頑張っている姿……それを一番見てほしいのは家族なのか

もしれない。

母さんが、父さんが……二人が生きていたら今の俺を見てどんな風に言葉を掛けてくれるのだろうと考えることもあった。

『流石《さすが》私たちの息子ね！　私に似て頑張り屋だわ！』

『そうだな。ただ香澄《かすみ》、似ているのはこちらだと思うけど？』

『は？　何言ってんの』

『君こそ何を――』

あ、なんだか想像の中の両親が喧嘩《けんか》し出した……まあいいや。

俺にとって勉強というのはただ将来に繋《つな》がる通過点としか思っていなかった……だから今回みたいに頑張ることも今までなかった。

けれど、今回は凄く頑張った。

頑張って頑張って、結果を出せるように必死に……なあ母さん、父さん。

俺って立派だろうか……今の俺を見て二人とも、頑張ったなって頭を撫《な》でてくれるだろうか……？

そう、これはただの我儘……そうなら良いなと思ってしまう我儘だ。

『頑張ったわよ』

『頑張ったな』

……うん。

俺、頑張ったよ。

勉強を頑張る理由としてはもっともな理由と、欲望に塗《まみ》れた理由が混ざり合ってはいるけれど、俺は本当に頑張ったんだ。

「隼人……そんなに表情硬くしなくても良くないか？」

「そうだぜ。結局後はもう結果が出揃うのを待つだけなんだし」

「……わあってるよ」

それくらい言われなくても分かってるさ。

続々と返却されてきたテスト結果に、俺は今日どれだけ緊張と共に喜びを感じただろうか。

人によっては簡単かもしれない全教科八十点以上という目標……苦手な教科さえもそのラインを超えるための努力は確実に実ったと自信を持って言える。

その証拠に残る教科は数学のみ……他は全て八十点以上を取れていた。

（あと一つ……数学で八十点を取れたら目標達成だ！）

手ごたえはもちろんあった……けれど、実際に結果を見るまで喜ぶわけにはいかない。

隣に座る亜利沙がそれとなく大丈夫だと伝えてくれても、俺の心臓はバクバクと鼓動し、忙《せわ》しなくその時を待ち続けた――そして、ついに数学のテストが返却される瞬間が訪れた。

「堂本」

「はい！」

果たして結果は……俺は手渡されたテスト用紙を見た瞬間、ガシッと片手を天に掲げた。

「よ～し!!」

そう……結果は目標の八十点以上だった。

朝からソワソワして事情を知る亜利沙もそうだけど、休憩時間に教室へ遊びに来る藍那からも心配はされていた……でも、俺はこうして結果を出した……目標を達成したんだ！

(よし……よしよしよし！)

心の中でも喜びながら俺は席へと戻った。

「やったわね」

「あぁ！」

……はっ、つい嬉しくて亜利沙に対し大きな返事をしてしまった。

とはいえ周りがテストの結果に喜んだり悔しがったりしているのもあってか、俺たちのやり取りはそこまで人目を集めるほどのものではなかったようだ。

「朝からずっとソワソワしてたものね。これで肩の荷が下りたんじゃないの？」

「あぁ……本当にその通りだよ」

ちなみに、亜利沙は当たり前のように俺よりも高得点だった。

この様子だと藍那の方も凄く良い結果だというのは予想出来るけど、とにかく今は自分のテスト結果を素直に喜ぼう！

「へへっ……へへへっ」

でも……ヤバい、顔のニヤニヤが収まらねえ。

これはテストの結果が良かったというのももちろんあるけれど、それ以上に気分良くみんなと温泉旅行へ行けるからかな……？

いやいや、俺はそのために頑張ったようなもんだし……あれ？　あぁダメだもう……嬉しすぎて情緒がどうにかなってやがる。

学校で喜ぶのはこれくらい……しかし、放課後になって新条家を訪れた際には更に喜びを爆発させた。

「うおおおおおおおやったぜえええええ!!」

「ふふっ、凄い喜びようね」

「頑張ったもんね！　当然だよ！」

亜利沙と藍那が喜びを分かち合ってくれる……二人のおかげだと、俺は何度もそう伝えた。

さあ、これで心置きなく次の休日に温泉旅行に行けるぜ！

……え？　結局そこなのかって？

そこはまあ……えっと、良いんじゃないかな？　結果が出たことには違いないし、頑張ったことにも違いはないんだから……だから良いんだよ！

俺は胸を張って彼女たちと共に温泉旅行へ行く。

あんなに頑張ったのだから精一杯楽しむためにな！

「……なあ二人とも」

「なあに？」

「どうしたの？」

俺……少しだけ調子に乗ってしまっていたのかもしれない。

こんなことを二人に提案というか、お願いをしてしまったから……まあでもそれくらいのご褒美はあってもいいよなと思いつつではあったけどさ。

「その……もっと褒めてほしい」

そんな願いを俺は口にした。

これは何度も考えたこと……人によってはおそらく、俺が立てた目標なんて大したことないかもしれない……でも苦手な教科も精一杯頑張って、結果を出したくて俺は必死だった。

この頑張りを誰かに馬鹿にされたとしても、俺は胸を張って頑張ったと言える……だから二人に褒めてほしかったんだ。

「……もう、そんなことを言わなくたっていくらでも褒めるわ」

「そうだよ。むしろ、これからお母さんが帰ってくるまで褒めて褒めて褒めまくる勢いだったけどねぇ！」

「あ……」

そ、そうなのか……。

なら言わなくても良かった？　でももう伝えちゃったし、俺の願いを聞いた二人はもう止まりそうになかった。

ギュッと両サイドから抱きしめられ、よしよしとまるで二人の弟かのように頭を撫でられてしまい、俺は照れと恥ずかしさから動くことも出来ずに、二人から伝わる温《ぬく》もりを受け入れた。

「よく頑張ったわね」

「凄く頑張ったね」

そんな二人の言葉に、俺は心から頷《うなず》くのだった。

五、念願の温泉旅行

otokagirai na bijin shimai wo namae mo tsugezuni tasuketara ittaidounaru

それは祖父母の家に向かうくらいの旅路だったかもしれない。

咲奈《さきな》さんが運転する車に揺られながら、途中パーキングエリアに寄って休憩もしっかり取り、俺たちは旅館に到着した！

「おぉ……ここがそうなのか」

「綺麗《きれい》ね。緑に囲まれて……空気も美味《おい》しい気がするわ」

「写真撮っちゃおっと♪」

「久しぶりに長距離の運転して疲れましたねぇ」

本来であればゴールデンウィークに行く予定だった温泉旅行……それが今日約束通りに実現したのである。

とはいえ残念なことが一つ、それは旅行日数の減少だ。

元々は二泊三日という予定だったけれど、学校が休みの土日を使うため一泊二日……っまり一日減ってしまったんだ。

日数が減った代わりに、チェックインの時間の融通が利き、食事のサービスも充実しているこの宿を選んだ。

（濃密な二日間を楽しまないとだ！）

「三人とも、まずはお部屋に行きましょう」

「分かったわ」

「は〜い」

咲奈さんを先頭に俺たちは歩き出した。

美しい緑の山々が視界を埋め尽くす中、俺たちの目の前に佇《たたず》むのは言わずと知れた人気旅館――『渡り鳥の羽休め』だ。

（なんつうか……お洒落《しやれ》な名前だなぁ）

渡り鳥の羽休め……普通じゃ思い付かなくないか？

とはいえインパクトのある名前だからこそ記憶に残るんだろうし、渡り鳥が俺たち旅行客だと言うなら確かにその通りだ。

「なあ亜利沙《ありさ》」

「なあに？」

「……めっちゃセンスある名前じゃね？」

「ふふっ、そうね。中々良いじゃないって思ったもの」

なんて話をしながら旅館の中へと入った。

土日とはいえゴールデンウィークが過ぎたので人は少ないと思ったけど、そんなことはなく、宿泊客はかなり多かった。

「亜利沙、藍那《あいな》も離れるなよ？」

「ええ」

「うん♪」

二人とも小さな子供じゃないのではぐれる心配はないだろうが、周りの視線を集めまくっている彼女たちだから俺がしっかり守らないと。

そんな風に言葉を掛けたからか、二人ともギュッと俺の腕を抱いた。

人前ということで恥ずかしくはあるけれど、離れるなと言った手前、離れてくれとも言えない……ふぅ、今日も凄く柔らかいぜ。

「本日予約していた新条《しんじょう》です」

「お待ちしておりました新条様。さあこちらへどうぞ」

それからすぐ泊まる予定の部屋へと通された。

和のイメージを凝縮させたかのような大きな部屋で、畳の香りが祖父母の家を思い出させてくれる。

「良いお部屋ね」

「おっきいお部屋！」

「ご満足いただけそうですか？」

案内してくれた仲居さんに俺たちは頷く。

実を言うと、俺だけ別の部屋になるだろうと予想していたのだが、咲奈さんが予約したのは一部屋だけだった。

『分ける必要なんてないと思いますよ？　隼人《はやと》君は娘たちの恋人ですし、私にとってはもう息子みたいなものなんです。それはもう家族と同義、家族なら一緒の部屋で過ごすのは当然ですよね？』

言葉の後半に圧を感じた気もするが、こう言われてしまってはそれでもと言葉を返すことも出来ず……まあ俺も嬉《うれ》しかったんだけどさ。

二日とはいえ旅行という掛け替えのない時間、それを同じ部屋で夜を明かす……ダメだと分かっていても、少しニヤニヤしてしまうのは男として仕方ないと開き直る。

「もう少しでお昼ですので、しばらくしたらお食事をお持ちします。それとパンフレットにも記載しておりますが、旅館の周りにはいくつか観光名所となっている場所もありますのでどうぞ参考になさってください」

「分かりました」

「は〜い！」

おぉ、早速ここの食事を堪能出来るみたいだ。

それに観光名所か……パンフレットに色々載ってたけど、縁結びの泉なんかもあるらしく旅行で訪れたカップルは絶対に行くらしい。

「何かありましたらお気軽にそちらの内線でお呼びください。もちろんフロントに来ていただいても構いません」

そう言って仲居さんは一礼し、部屋を出ていった。

「にしても……良い部屋だぜぇ」

座布団を枕にして寝転がる。

僅かに開いた窓から聞こえてくる揺れる木々のさざめきが妙に心地よく、お腹《なか》は減っているがこのまま眠ってもいい気分だ。

横になった俺を見てみんなが微笑《ほほえ》む中、藍那だけが可愛《かわい》らしい掛け声と共に……ちょっ⁉

「ど～ん！」

「うおっ⁉」

寝転がる俺の上へ藍那が飛び込んできた。

流石《さすが》に訪れる衝撃に怖くなった俺は、咄嗟《とっさ》に反応して体を起こし藍那を受け止めるため両手を伸ばす――するとなんと、俺の両手は藍那の豊満な胸を摑《つか》んでしまった。

「あんっ」

ふんわりマシュマロのような感触……ただ、藍那がいやらしい……じゃなくて声を上げたことで俺はすぐ手を離した。

谷間が見える露出の多い服装のせいか、俺が手を当てたせいで少し乱れてしまい……しっかりと赤色の派手な下着がチラッと覗《のぞ》く。

「隼人君のえっちぃ」

「ごめんなさい！」

「えへへ、謝らなくていいよん♪」

藍那はニコッと微笑み、乱れた胸元を整えて隣に腰を下ろした。

「どうせなら座布団よりも、柔らかな太ももの上はいかがですかな？」

トントンと自らの太ももを叩《たた》く藍那。

確かに座布団よりも……そう思ったと同時に体が動いた俺だが、間に亜利沙が割り込む。

「こら藍那、そろそろ昼食だからその辺でね」

「……は～い」

渋々な様子の藍那だけど、実は俺の方も少し残念だったり……。

だが、そこで亜利沙がスッと俺の方へ体を向けてこう言う。

「ということで、昼食が届くまで私が膝枕をしてあげるわ」

さっきの藍那の動きを再現するように今度は亜利沙が太ももをトントンと叩いたが……

当然、その行為を止められた藍那が見逃すわけもなかった。

「やっぱりそんなことだろうと思ったよ!!」

「ふふっ、賑《にぎ》やかねぇ」

間に挟まれる俺、両隣で言い合う二人……そんな俺たちを見て咲奈さんは楽しそうに眺めている。

「ねえ隼人君、どっちが良い？」

「隼人君はどっちが良いかな？」

「えっと……」

だがしかし、ここでその問いかけはやめてくれ答えられないから！

どっちも比べられるものではないので選べない……どうすれば良いんだと頭を悩ませていたその時、昼食という名の救世主が現れた。

「失礼します――昼食をお持ちしました」

流石に人が現れたとなっては二人とも言い合うのをやめたが、俺から離れることだけはしなかった。

程なくして準備が終わり、俺たちは昼食を頂いた。

かなり豪華な昼食とは思ったけど夜はこれ以上らしい……正直、食事だけでも全然満足出来そうだけど、俺たちは旅行でここに来た。

つまり、こんなことで満足なんかしてられないってことだ！

「ねえねえ、早速この周辺を見て回らない？」

「分かったわ。母さんはどうするの？」

「そうねぇ……食事してちょっと眠くなってしまったから、少し仮眠しようと思うわ」

「あ～……運転の疲れもありますしね」

運転がどれだけの疲れを齎《もたら》すかは免許を持っていないので分からないが、いくら途中で休憩を入れたとしても疲れるんだろう。

それに昼食の後だし眠くなっても仕方ない……少し残念だけど、咲奈さんには昼寝がてらのんびりしてもらおう。

「それじゃあ行ってきますね。二人のことは俺がしっかりと守りますんで咲奈さんはどうかゆっくりしててください」

「ええ、隼人君が居ますから何も心配はしていませんよ。二人のこと、お願いしますね」

「はい！」

　さて隼人、咲奈さんから亜利沙と藍那を託されたんだから無様な姿は見せられないぞ？　そう自分に言い聞かせるように、胸を強く叩いて咲奈さんに頷《うなず》いた。

「ちょっと、私たちだって隼人君を守れるわ」

「そうだよ。あたしたちだってやる時はやるんだからね！」

「ははっ、分かってるよ。俺は二人のことを守る……でも俺がピンチになったら二人も俺を守ってくれ」

　そんなやり取りをした後、咲奈さんに見送られて俺たちは部屋を出た。

　パンフレットを手にどこへ行こうかと相談しながら、ちょうどフロントの傍《そば》を通りかかった時だ。

「あ、お兄ちゃん！」

　お兄ちゃんと呼ぶ元気な声に反射的に意識がそちらへ向かう。

俺もそれなりに知り合いが多く居るとは思ってるけど、お兄ちゃんだなんて呼ぶ人は居ない……しかし、その声には聞き覚えがあったんだ。

「まさか……」

「隼人君？」

「どうしたの？」

チラッと視線を向けた先、そこにはあの男の子が居た。

祖父母の所で散歩に行った際に出会ったあの子……傍にはちょろっとだけ話した母親と父親らしい人が……って!?

「お兄ちゃん！」

男の子は両親のもとを離れて俺の方へ駆け寄ってきた。

この時点で男の子がお兄ちゃんと言った相手が俺であると分かっただろうけど、亜利沙と藍那からすれば何のことかさっぱりのはずだ。

男の子はそのまま俺に飛び付いてきたので、しっかりと受け止めた。

「まさかこんなところで会うなんてなぁ」

「ボクも驚いたよ！　お兄ちゃんも旅行？」

「そうだぞ～？　後ろの綺麗《きれい》なお姉ちゃんたちと旅行だ」

「わぁ……すっごく綺麗だね！」

お、この子は見る目があるな、将来が楽しみだぞ。

それにしてもあのたった一度の出会いで随分懐かれたなぁ……っと、いい加減に二人に何があったか教えておくか。この子のことは伝えてなかったし。

「実は祖父母の家に行った時に出会った子なんだよ。少し話をして家まで送っていったんだ」

「うん！　お兄ちゃん、おんぶまでしてくれて……ボクに大事なことを教えてくれて！ママと仲直りさせてくれたの！」

「おっと、仲直りしたのは君がちゃんと謝れたからだろ？　俺はただアドバイスをしただけだって」

「違うもん！　お兄ちゃんのおかげだよ！」

あはは……このまま続けたらずっと言葉の応酬になりそうだ。

あの時と同じようにおんぶとまではいかないが、この子があまりにも可愛かったので抱っこするように持ち上げた。

「じゃあ俺のおかげってことにしとくか！」

「うん！　お兄ちゃんのおかげ～!!」

あっはっはと、俺たちは笑い合う。

「隼人君ったら……また私たちの知らないところで誰かを助けていたのね」

「やっぱり隼人君はすっごく優しいね。誰にとってもヒーローなんだよ」

ヒーローとかそういうんじゃないんだけど……まあでも、わざわざそんなんじゃないって否定するほどでもないし、ここはお褒めの言葉を素直に受け取ろう。

「お姉ちゃんたちにとってもお兄ちゃんはヒーローなの？」

そんな純粋な男の子の問いかけに、亜利沙と藍那は強く頷いた。

「そうよ。かっこいいヒーローなの」

「あたしたちを助けてくれたんだよ♪」

「そうなんだ！　やっぱりお兄ちゃん凄《すご》いよ！」

お願いだからこれ以上俺を褒めないでくれ。

これ以上褒められたら流石の俺も調子に乗っちゃうっての。

「こうしてまた会えて嬉《うれ》しかったよ。パパとママにもよろしくな？」

「うん！　じゃあねお兄ちゃんたち！」

男の子を下ろすと、彼は手を大きく振って走って行った。

あの様子だとここに泊まるみたいだし、もしかしたらどこかでまた会って話をするくらいはありそうだ。

「よし、じゃあ軽く観光するか」

「そうね。行きましょう」

「れっつご〜！」

さ〜て、まずは何を見に行こうか。

「流石に全部は見られないし、どこに行きたい？」

「そうね……母さんと行く場所も残しておかないと」

「あ、ならさ！　早速縁結びの泉に行ってみようよ」

縁結びの泉かぁ……正月に縁結びのお守りとか買ったし、更にそれ系のスポットにまで行くのは過剰な気もするけれど、こういうことはいくら願っても良いだろうし行くとするか！

「縁結びってなるとお正月の時を思い出すわね」

「そうだな。俺も同じことを考えていたよ」

「縁結びのお守りだけで良かったのに、どこかの気の早い子は安産祈願のお守りまで買ったくらいだものねぇ」

そうだねぇ……その気の早い子ってのはどこの可愛《かわい》くてエッチな女の子なんだろうか。

「ねえねえ、早く早く！」

「藍那、少し落ち着きなさい」

「気持ちは分かるけど、転んだりして怪我《けが》でもしたら旅行が台無しだぞ〜」

心から楽しめなくなるからなぁ。

でも俺は知っている。こういうことを誰かが言ったらフラグというものが立ち、この場合だと藍那が実際に転げそうになるんだ……つまり、俺に課せられた役目は藍那を守ること！

「藍那！」

強く声を掛けて立ち止まらせ、肩に手を置いて伝える。

「心配のしすぎかもしれないけどはしゃぎすぎて怪我でもしたら大変だ。藍那はしっかりしてるけどね」

「あ……うん、ごめん隼人君」

顔を赤くしながら、照れたように笑う藍那がピタッとくっ付く。

大人しくなった藍那の姿に苦笑しながらも、藍那と同じように反対側に亜利沙もくっ付いてきた。

「じゃあこうやって歩きましょう。三人離れなければ心配する必要はないでしょうしね」

「そうだね！　あたし、はしゃぎすぎて隼人君と一時も離れずのイチャイチャ計画を忘れちゃうところだった！」

「そんな計画があったの？」

なんてやり取りをしながら、俺たちは縁結びの泉に辿《たど》り着《つ》いた。

泉の真ん中に架かる橋からは、泉の中を泳いでいる鯉《こい》などといった生き物の姿も確認出来る。

「水がとても綺麗だわ」

「そうだねぇ。鯉に餌とかあげたいかも！」

「いいな。後でやってみようぜ」

後で鯉の餌でも買ってあげてみようかな……こういう機会じゃないと鯉に餌をやることはなさそうだし。

「そこのお三方、こんにちは」

その時、不意に背後から声を掛けられた。

亜利沙と藍那は俺の腕を抱いたままだったけれど、突然の声に驚いたのか抱きしめる力が強くなる。

多くの人が居る中で豊満な感触を味わうことに若干の罪深さを感じつつも、誰だろうと思い振り返った。

「……どうも」

「こんにちは」

「ビックリしたぁ……」

そこに居たのは女性だった。

胸元の名札を見るにこの人はおそらく旅館スタッフの一人で、見回りでもしているんだろう。

「ビックリさせて申し訳ありません。旅行で来られたのだと思うのですがここは初めてですか？」

「あ、はい。ここに来たのは初めてですね」

「なるほど、では少しここの言い伝えなどに興味はありませんか？」

言い伝え……この縁結びの泉に関することだよな？

時間の余裕はもちろんだが、せっかくこうして普段来ない場所に来たのだから直々にスタッフさんから話を聞くことにした。

「パンフレットにもあるように、ここは縁結びの泉と呼ばれています。あの橋をカップルが渡ることで縁結びの神様が加護を与えるそうです」

「へぇ……」

「神様の力かどうかは分かりませんが、ここを訪れたカップルさんの何組かが挙式をしたというお話もあって、無事に結婚出来たのはここでお祈りをしたからだという感謝の電話もよくいただいているんです」

ほう……この場所にそのような効果があるかはともかく、縁起の良い場所というのは間違いなさそうだ。

「正月と合わせて二重のお祈りも良さそうね」

「そうだねぇ。あたしたちの繋《つな》がり、ここでもっと強くしちゃおっか♪」

二人が俺に抱き着いたままなのは変わらないが、今の言葉に女性がおやっと首を傾《かし》げたがその時は何も言わなかった。

まさか俺が二人を彼女にしているだなんて思わないだろうし、きっと兄妹《きょうだい》か何かに見えているんだろうなぁ……そう考えると、こうして知り合いの居ない地でならある程度は気を遣わなくて済む。

「なら早速、橋の上でお祈りしてみようか」

「えぇ」

「うん」

二人を連れて橋の上に立つ。

流石《さすが》にここに女の子を二人連れて立つというのは珍しいらしく、いくつもの視線を向けられたが、俺はともかく亜利沙と藍那は全く意に介した様子を見せない。

「……綺麗《きれい》ね」

「キラキラしてる」

この場所から眺める周りの景色があまりにも綺麗で見惚《みと》れてしまう。

緑の山々に囲まれているだけでも良い景色なのだが、澄んだ泉の水面もキラキラして綺麗だし、そこを泳ぐ生き物たちの姿がこれまた風情があって悪くない。

「さて、お祈りでもする？」

「そうね。目を閉じましょうか」

「うん！　……？」

泉に祈りを込めるように、俺は目を閉じた。

こうしていると周りの喧騒《けんそう》も段々と静かになっていくような気さえしてくるほど……そろそろ良いかと思ったところで、両頬《りょうほお》にチュッと何かが触れてきた。

「ふふっ♪」

「えへへ♪」

もちろん触れてきたのは二人の唇だ。

二人が触れた瞬間に目を開けたので、バッチリと綺麗な水面にキスをする二人とされる俺が映ったのが見えた。

(もしも縁結びの神様が居たとして、普通じゃない俺たちを見て祝福してくれるかな?)

それは正に神のみぞ知るではあるけれど、たとえ神様に嫌われたとしてもこの二人と離れたくない……俺に加護は与えなくても、この大好きな二人には与えてほしいと願う。

「キスもしたし、これでバッチリだね」

「見届けてくれたかしら……きっと大丈夫よね」

「俺……神様に爆発しろって呪われたりしないよな?」

俺の言葉に二人は大丈夫でしょと笑った。

このせいで加護じゃなくて呪いが掛けられたらシャレにならないけど、俺と違って亜利沙と藍那はかよわい女の子だからその分強い加護を掛けてもらわないとだな!

「あたし、鯉に餌あげたいなぁ」

「私もあげてみたいわ。行きましょう」

お祈りを済ませたので俺たちは橋から退散し、餌売り場に向かった。

三人分買うと流石に多すぎるので、一人分を買いそれを三人で分けて泉に放り込む。

餌を放り込むと鯉がくれよくれよと水面から顔を出し、パクパクと口を開く姿は中々可愛い……うん？　可愛いよな……俺は可愛いって思うけど。

「可愛いわね」

「あはは、こっちに投げてみよっと！」

よしよし、二人も可愛いって思ってる感じで安心した。

俺ははしゃぐ二人を眺めているだけだが、これだけでも今のこの瞬間が楽しくて仕方ない。

亜利沙や藍那と特別なことをしていなくても、こんな些細《ささい》なことでさえ幸せを感じられるこの瞬間……控えめに言って最高だ。

「あ、ちょっと藍那!?」

「わ、わわっ!?」

身を乗り出して泉を覗《のぞ》き込《こ》むものだから、ひょんなことで体勢を崩した藍那が落ちそうになってしまい、それを亜利沙が咄嗟《とっさ》に腕を引っ張って阻止する。

「あなたの落ち着きのなさは誰に似たのかしらね」

「ごめんごめん！　ちょっと楽しくなっちゃって！」

……ふぅ、俺も藍那を助けるために体が動いてたけど何事もなくて良かった。

「毎年、数人が泉に落ちてしまう事故が起きていますので……彼女が落ちなくて良かったです」

「はい……えっ!?」

唐突に隣から聞こえた声に俺はギョッとした。

その声の主はさっき泉の言い伝えについて教えてくれた女性スタッフだったけれど、まさかこんな近くに来ているとは思わなかった……この人、もしかして人を驚かせるのが趣味だったりする？

「おや、その様子だと驚かせてしまったみたいですね？」

「まあ……少しだけ」

「それは申し訳ありませんでした」

「いえいえ、わざわざ頭を下げるほどじゃないですよ」

綺麗な角度で頭を下げた女性だけど、俺がそう言うと分かりましたと即座に顔を上げ、スッと隣に並ぶ。

何か話したいことでもあるのだろうか……そう思っていると、彼女は泉を眺めながら口を開く。

「先ほど説明した他にも、この泉には曰《いわ》く付《つ》きの伝説があるのですがお聞きになりますか？」

「へぇ、ちょっと気になりますね」

縁結びの他にも何かあるのか……ここまで言われたら気になるし、せっかく旅行で来た場所のことだから記念に聞いてみよう。

女性は分かりましたと言って話し始めた。

「今より遥《はる》か昔、この泉に仲睦《なかむつ》まじいカップルが訪れました。その男女二人はここで将来を誓い合い、結婚まで秒読みだったそうです」

「はい」

「しかし、その数日後に男の浮気が発覚したのです」

「……へぇ」

うわ……俺は思わず頬が引《ひ》き攣《つ》ったのを感じた。

こういう縁起の良いとされる場所に来て将来を誓い合ったものの、すぐに相手の浮気が発覚した女性の心境は想像に難くない……この後、どうなったんだろう。

「元々二股をしていたそうですよ。男は必死に弁明しましたが、傷付けられた女性は男の言葉に耳を貸さず、愛を誓い合ったこの泉で男の不幸を願いそのまま……」

「…………」

「なのでここにはその女性の魂が彷徨《さまよ》っているとも言われています。愛を誓った相手を悲しませる人間が居たら許さないと、必ずや罰を与えようとすると」

「……怖いっすね」

「ま、私の作り話ですけどね」

「おおおおいいいいいい!?」

作り話かよ！

これが親しい相手だったら間違いなく、一発くらいは物理的なツッコミを入れたに違いない。

この女性の話し方と雰囲気、それっぽくありそうな内容だったので思いっきり信じてしまった……くぅやられた！

「隼人君、どうしたの？」

「凄《すご》い声出してなかった？」

「あぁいや……そのだな」

「私の作り話に満点のリアクションをくれたのですよ。どうです？　お二人もお聞きになりますか？」

亜利沙と藍那は頷《うなず》き、俺がされた話を最後まで聞くのだった。

ただ俺にした話と比べて少し脚色が加えられていたのはどうかと思ったのだが、それもあって二人の反応は俺としても凄く楽しめた。

（浮気……ねぇ）

作り話かそうでないにしても、やっぱり浮気ってのは不幸にしかならないなと思わせられる。

二股……その言葉に何も思わなかったわけじゃないけど、俺は心から二人のことを愛している……大好きなんだ――というか、今更迷うことなんて何もないだろう。

俺は二人の傍《そば》に居る……二人にも傍に居てもらいたい。

そう考えていることが何よりも大事、それが俺と彼女たちの在り方なんだから。

「詰まるところ、浮気はダメ絶対ということですね」

どうやら話の方は終わったみたいだ。

女性は仕事があるからと行ってしまい、俺たちも一旦旅館に戻ることにした。

咲奈さんが仮眠を取るには十分だったと思うし、せっかく一緒に旅行に来たのだから咲奈さんも居てくれないとな。

「……？」

旅館に戻るため、足を動かそうとしたその時だ。

俺はふと泉の方へと振り返る……そこは観光客で賑《にぎ》わう先ほどと何も変わらない風景のはずなのに、何故《なぜ》か視線を逸《そ》らせない。

「隼人君……？」

「何か気になるものでもあった〜？」

どうしてこんなに気になるんだろう。

誰かに見つめられているような不可解な感覚……え？

一瞬……水面に浮かぶ女性が見えた気がした。

もちろんただの幻覚というか、目の錯覚だというのはすぐに理解したので俺は何でもないと言って笑ったけど、一瞬とはいえ俺の様子がおかしかったので二人は気になったようだ。

「実は……一瞬なんだけど水面に女性の姿が見えたような気がしてさ。たぶんさっきの話を聞いたせいで思いの外ビビってるのかもしれん」

「あ、そういうことね」

「浮気されたって話だね……姉さん」

「えぇ」

「どうした？」

　亜利沙と藍那は頷き合い、ここに来た時と同じように二人は俺の腕を抱くようにして身を寄せてきた。

「隼人君は浮気をする？」

「あたしたちみたいな彼女が居るのに出来ちゃう？」

　ニヤリと笑いながらそう言う彼女たちの表情は挑戦的だ。

　まるで自分たちのような素敵な彼女が居るというのに、それでも浮気が出来るのかと問いかけられているかのよう……そんなのするわけないだろうと俺は苦笑した。

「出来るわけないよ。亜利沙と藍那が居て……というか、君たち以上に魅力的な女性なんて居ないから」

　強いて言えば……母さんとか？

　なんて思っていたら更に腕を抱きしめる力が強くなり、強制的に彼女たちへと意識を戻される。

「私たちだって同じよ。隼人君以上に魅力的な男性なんて知らないわ」

「そうだよ。あたしたちの中じゃ何があっても隼人君が一番なんだもん」

「……ありがとう二人とも」

　つい嬉《うれ》しくなり、俺は周りの目が向いてないのを確認してから順に二人の頬《ほお》へキスをした。

「……そこは唇じゃないの？」

「そうだよ隼人君！」

頬へのキスでは少々不満だったらしく、二人が顔を寄せてそう言った。

それでもキスをされたこと自体は嬉しいと感じてくれたみたいで、二人も俺の頬へとキスを返してくれた。

「続きは夜ね」

「そうだねぇ。部屋なら邪魔入らないし」

特に何もないとは思ってるけど、少し夜が怖くなる俺だった。

それから俺たちは泉を離れて旅館へと戻る……その頃には泉で見えた気がした女性のことだったり、浮気云々《うんぬん》の話はほぼ忘れていた。

客室に戻ると咲奈さんは既に起きており、しっかり休めたみたいだ。

その後は改めて咲奈さんも一緒に周辺を観光して回り、ある程度満足した頃には夕方になっていた。

まだまだ見て回れる場所は多くあるので、残りは明日の朝からまたみんなで回るとしよう。

「さ〜てと、夕飯の前にいよいよ温泉なわけだけど……」

一応……その、ここに着く前に車の中で聞いていたことだ。

ここの旅館にも貸切露天風呂という名目で混浴みたいなものは存在しているが、利用するためには予約が必要である――恋人たちや家族で楽しむ中、同じ目的で他人が居たら気まずくなるからだろう。

それもあって俺を含め亜利沙、藍那で予《あらかじ》め貸切風呂の予約は取れているらしく……つまり、俺はこれから彼女たちと一緒に裸の付き合いをするというわけだ。

「……大丈夫かな」

俺……逆上《のぼ》せたりしないだろうか。

そんな風に心配する俺を彼女たちは早く早くと手を引く……よし、ここまで来て逃げるなんて選択肢、俺にはない！

俺は覚悟を決め、彼女たちと共に桃源郷の湯へと向かうのだった。

▼▽

恋人と過ごす貸切露天風呂、それは男女が生まれたままの姿でお風呂を楽しむ場である……ちょっと違うか？　というか俺自身、所謂《いわゆる》混浴のようなものに入った経験はないんだけどさ。

「……やっべ、死ぬほど緊張してきやがった」

一足先に温泉へとやってきた俺はそう呟《つぶや》く……

正直なところ、服を脱いでいく二人の姿を直視できなかった。

この後一緒に温泉に入るのに大丈夫か、俺。

「あら、星空が綺麗《きれい》ね」

白い湯煙が彼女たちを……全く隠せてねえや。

俺は腰にタオルを巻いたスタイルで、彼女たちも体をタオルで……巻いて隠すことなく、タオルを体の前で持って微妙に隠しているだけ。

歩くと当然ひらひらとタオルが揺れ、大事な部分がちらちらと見えそうになって俺は視線を逸らす。

「あ、隼人君！」

佇《たたず》む俺を見つけた亜利沙と藍那が声を上げ、ペタペタと足音を立てて駆け寄ってきた。

（くそっ……駆け寄ってくる二人を見たらきっと素晴らしい光景のはずなのに……という か俺、彼女たちと風呂に入ったことあるってのに何を今更こんな……こんな……っ!!）

一度二度、それこそ彼女たちとのラッキースケベ的なイベントを経ても俺はまだ恥ずか

しいらしい……いや、たぶんこのことに恥ずかしさを感じなくなったらダメな気もするけど。

「捕まえたわよ」

「つ～かま～えた！」

俺に抱き着いた拍子に、二人が持っていたタオルがはらりと落ちた。

服という肌を遮るものが何もないせいで、彼女たちの肌が直接触れ、どうやっても誤魔《ごま》化《か》せない圧倒的なまでの弾力が俺を襲う。

ぷにぷに？　ふにょふにょ？　もにゅもにゅ？

いくつもの擬音が頭に浮かんでは消えていく……はっ!?

「ふ、二人とも……ちょっと離れていただけると――」

とにかく今は自分の心を落ち着かせたい。

そう思って俺は二人に提案したのだが……二人は笑顔で首を振った。

「いやよ♪」

「いや♪」

はい、ダメらしいです。

とはいえこの状況……物凄《ものすご》くマズイというか、何がとは言わないけれどとにかくマズイ！

ただ触れているだけなら全然……けれど、呼吸をすることで僅かに胸が動くので、小さな動作なのにその感触だけはとても大きく感じ取れる。

「……っ」

ただ……俺はそこで少し肌寒さを感じてしまい体を震わせた。

寒い季節ではないし温泉という場所なので温かいのは確か。けれど夜風というのは容赦なく体に吹きつけてくる。

「あ、そうよね……寒いわよね」

「意識したら確かにそうかも」

そこでようやく、二人は俺から離れてくれた。

離れてくれたことにホッとしつつもちょっとだけ残念に思いながら、亜利沙と藍那に招かれて……おや？

「ほら、いつかのように体を洗ってあげる」

「隅々まで洗ってあげるねぇ？」

「……あい」

完全にロックオンされてしまい退路は断たれ、俺は二人に黙って体を洗ってもらうのだった。

そしてその逆も然《しか》りと……やはり女性の体を洗うというのは心底気を遣うもので、二人がくすぐったそうにしたりするだけでも俺はビクッとしてしまい、温泉に浸《つ》かる頃には変な疲れを感じていた。

「……はぁ〜」

しかし、流石《さすが》は人気の宿の露天風呂……ま〜じで気持ちが良い。

疲れが一気に取れていくような不思議な気分になりながら、俺は亜利沙と藍那に挟まれる形で温泉を楽しむ。

（……楽しめてる……よな？）

俺はともかく、二人もその身にタオルを巻いていない。

湯気や水の揺らぎのおかげで大事な部分が見えにくいとはいえ、右も左も極上の女体……これ、昔の貴族とかなら二人を肴《さかな》に酒でも飲んでそうだよな……。

「緊張してるの？」

「……そりゃあな」

耳元で亜利沙に囁《ささや》かれ、俺は素直に認めた。

最初から分かっていたことだけど……こんなの緊張っていうか、ガチガチになるに決まってる。

ただ、しばらくそうしていると次第に慣れてきた。

これもおそらくは彼女たちとずっと一緒に過ごしているから……そして普段からエッチなアプローチを受けているからだろう。

「あたしさぁ……本当ならもっとこう、色々と隼人君にしたいことがあったんだよねぇ。それこそ隼人君が我慢出来なくなるようなことをね！」

「そ、そうなのか？」

「うん！」

そんな可愛《かわい》い顔で凶悪なことを言わないでもらえるか⁉

一体何をするつもりだったんだと気になるのも男として仕方のないことだけれど、それよりも俺は藍那の横顔が気になって仕方ない。

何かに思いを馳《は》せるように綺麗な星空を眺めながら、藍那は言葉を続けた。

「でも……愛してる隼人君と、愛してる姉さんや母さん……大好きな人たちとこうして旅行出来ることが何より嬉しくて、この綺麗な星空をのんびり眺められる時間が尊くて」

「藍那……」

「今はただ……この幸せな時間にゆっくり浸りたいかな」

藍那はそう言ってコテンと俺の肩に頭を乗せた。

相変わらず俺の心臓はバクバクと鼓動しているものの、藍那の言葉と彼女自身から発せられる雰囲気のおかげで段々と落ち着いていく。

「私もねそれは」

「亜利沙？」

そして亜利沙もまた、藍那同様に俺の肩に頭を置いた。

「隼人君に出会わなかったら……私はずっと男性が嫌いなままで、こんなにも素敵な恋愛をすることはなかったと思うの。同時にあなただけの私になりたい、そんな気持ちも抱くことはなかったかもしれない」

「…………」

「星空なんていくらでも眺められるわ。けれど、こんなにも幸せな気持ちで星空を眺められるのはあなたが……隼人君が隣に居てくれるから」

亜利沙……藍那もだけど、そんな風に思ってくれるなんてな。

いつも伝えられていることではある……言葉からも、態度からも二人が俺のことを強く想《おも》ってくれていることは伝わるんだ。

そしてそれは俺も……。

「……ごめん、一瞬だけどそこまで想われる良さが俺に……なんてまたどうしようもないことを考えそうになったよ」

「あら、そうなの？」

「隼人君はもう少し威張って良いと思うけどなぁ。俺には彼女が二人も居るんだぞって」

確かにそれくらいの度胸を常に持つ方が良いかもしれないな。

かといってイキるつもりはないけれど、彼女たちと出会えたことへの感謝は常に忘れず、そして同時にこの世界で唯一彼女たちとイチャイチャ出来ることを精一杯享受すれば良いんだ。

「……二人とも、ちょっと腕を離してもらっていいか？」

腕を離してもらい、今度は俺の方が腕を広げるようにして二人を抱き込んだ。

ぴちゃっとお湯が跳ねる音と共に、二人の少しだけ驚いたような可愛らしい悲鳴が響く。

「俺も……俺もこうして二人と旅行出来て幸せだ。たぶんこれから先何度もこういうことはあると思う……あくまでこれはその最初の旅行に過ぎないんだろうけどとにかく楽しくて、幸せで……」

この日をどれだけ待ち望んだか……この日のために勉強を頑張り、テストでも良い結果を残すことが出来て、こうして気持ち良く旅行に出掛けることが出来た。

その果てにこの最高の体験が出来ているのはやはり、彼女たちという存在があまりにも大きすぎるんだ。

「君たちと親しくなってからやっと半年が過ぎたくらい……まだその程度なんだ。もっともっと君たちとの時間を過ごしたい。だからこれからもどうかよろしく——亜利沙、藍那」

両隣に居る二人は頷《うなず》いてくれたけれど、それからしばらくボーッとしたように俺を見つめ続ける。俺はそんな視線を受けてボソッと呟《つぶや》いた。

「……星が綺麗なだぁ」

「ぷふっ！　ちょっと、恥ずかしくなってそれなの？」

「あははっ！　隼人君ったら顔があか〜い！」

う、うるせえ！

自分でもクサいこと言ったなってちょっと恥ずかしかったんだ！　間違ったことを言ったとも、伝えたことを後悔もしちゃいないけどこの顔の熱さはきっと、温泉のせいじゃない……くぅ恥ずかしい！

「ま、まあ温泉を楽しもうぜ！　せっかくみんなでこうして露天風呂に入ってるわけだし！」

「へぇ、隼人君も今を楽しんでるのね」

「こうして裸の付き合いを隼人君は心からしたかったんだねぇ」

「…………」

あ、これはもう何を言ってもダメなやつだ。

それなら上がるまで黙ってやる！　なんて意気込んだ俺に二人は気付いたのか、ニヤリと笑ってまさかの行動に出た。

「というか隼人君。私たちだけ何も身に着けていないのは卑怯《ひきょう》じゃないかしら？」

「そうだよ。それにそうやってタオルを巻いてたら窮屈じゃない？」

「あ、ちょっと⁉」

二人は俺の腰に巻かれたタオルに手を付け、そのまま奪い取った。

確かに湯に浸かる上で、タオルを巻いているのはマナーがどうたらこうたらって話があった気もするけど、それはちょっとマズい！

俺は咄嗟《とっさ》に体勢を変えようとしたがそのせいで、肩からズレた両手が綺麗に彼女たちの胸へと触れる。

（なんでこうなるんだ⁉⁉）

全ての運命がいやらしい方向へと舵《かじ》を切ろうとしてないか⁉

胸に触れた瞬間、あっと二人が声を上げて体をビクッとさせ、俺の体にも良からぬ変化は少なからず生じる。

体勢を変えるだけではダメだ、一刻も早く離れなければ……しかし、それは即座に二人によって阻止された。

「むぅ！」

「えい！」

俺の手が離れないよう、二人は俺の手を胸へと押し付けた。

下着などの守る布がないからこそ、彼女たちの力によって俺の手は豊満な胸を押し潰し、弾力と戦うようにその柔らかさを堪能する。

「ちょっ⁉」

「ほらほらぁ、あたしたちも隼人君もこれで生まれたままの姿じゃん。お風呂はやっぱりこうでないと」

「そうね。後少しだけ、伸び伸びと温まりましょう？」

「う……うぐぅ……」

な、なんて空間なんだ……これが男女で入る温泉……じゃなくて、俺にはもう二人が漫画とかアニメに登場するサキュバスにしか見えなくなってくる。

少しでも指に力を入れれば更に沈み込み、柔肉の弾力を感じ……そしてもう一つ触れるこの小さく固いのは……。

「うん……」

「あんっ……」

「ご、ごめん!!」

咄嗟に謝ったところで、二人はクスッと笑う。

だがその微笑《ほほえ》みはあまりにも妖艶で……それこそ、俺の理性を声音だけで根こそぎ削ぎ落とすような威力を持っていた。

こんな風になっても離れられないのであれば、俺に出来ることは必死に心を無にするだけ……それしかない！

「それにしてもこれってあれね――隼人君、まるで王様じゃない？」

「確かに！　酒池肉林を実現した王様だ！」

二人のその言葉を聞き、俺は即座に想像出来てしまった。

こうして温泉に浸《つ》かり、裸で美女二人を両脇に抱えるだけでなく、女性の象徴の一つでもある胸を揉《も》む俺……こんなの後になって主人公に殺される悪役の王様にしか見えないんだが!?

「でも……これだとまるで悪役の王様ね？」

「あ、確かに……でも隼人君だよ？　悪役なんて似合わないじゃん。実は優しくて、裏では慕われてる設定だよきっと！」

それって悪役なのか……？

でもそんな風に言われるのは嬉《うれ》しい限りだ……とはいえ。

(俺……ここから無事に出られるかな？)

何度も言うがここはただの温泉……貸切の露天風呂ではあるが、ただの温泉だ。

俺はもうしばらく……頑張る必要があるらしい……っ！

▼▽

俺にとっても彼女たちにとっても、最後にはただただ……のんびりと温泉で体を温めながら、出会った頃からの思い出話に花を咲かせられるくらいには楽しかった。

まあ……その間ずっと、俺の体に亜利沙と藍那は密着していた。

それだけでなく、俺の両手も二人の胸から離れることはなかったが。

「……ふぅ、無事に生きて出てこられたぜ」

戦場から生還した戦士のように、俺はボソッと呟く。

あんな状況だったせいで俺は少々逆上《のぼ》せ気味だったのもあり、二人より先に上がらせてもらった。

二人も五分もすれば上がると言っていたので、すぐに戻るはずだ。

「……咲奈さんも一緒ならどうだったんだろう」

今回は恋人としての時間を思う存分楽しんでほしい、そう言って咲奈さんは俺たちを貸切露天風呂へ送り出してくれた。

その気遣いをありがたいと思いつつも、少しだけ寂しかったのも確かで中々に困ったものだ。

「ただいま戻り……っ⁉」

こんな状況なので気を抜いていたのも仕方ない。

気楽に部屋に戻った俺の視界に映ったもの……それはちょうど浴衣《ゆかた》へと着替える咲奈さんだった。

部屋に備え付けられている温泉から上がった後なんだろうけど、こればっかりは俺の考慮が頭から抜けていた。

「も、申し訳ありません！」

咄嗟に後ろを向いたが、咲奈さんがクスクスと笑う声が聞こえる。

「うふふ。大丈夫ですよ隼人君——はい、もう着替え終えましたから」

「……うっす」

振り向けば、咲奈さんは確かに浴衣を着ていた。

先ほど見てしまった艶《なま》めかしい姿が頭から離れないが、咲奈さんが風邪で寝込んでしまった時のアレに比べれば全然マシである。

「二人との温泉、楽しかったですか？」

「え？　あ、はい！　凄《すご》く楽しかったです！」

……うん？

ここで楽しかったって言うのはおかしくないよな？　別に何もなかったわけじゃないけど、本当に楽しかった……それは確かなんだから。

「……それも全部、咲奈さんの協力あってこそか」

「どうしましたか？」

首を傾《かし》げる咲奈さんの傍《そば》まで俺は歩み寄った。

「咲奈さん……今回の旅行、まだ一日目ですけど本当に楽しいです」

「……ふふっ、それなら良かったです」

お礼なんていつでも言う機会はある……でも今言っておきたかった。

俺は咲奈さんの瞳を見つめながら、こう続けた。

「ありがとう――咲奈母さん」

そう口にした瞬間、時間という概念が停止した感覚に襲われた。

咲奈さんがポカンと口を開けるだけで特に何も言ってくれないのもあるけれど、流石《さすが》に唐突だったかなと俺が恥ずかしくなったせいだ。

外したか？　そう思った瞬間、咲奈さんが立ち上がり俺を抱きしめた。

「そんなお母さんだなんて……隼人君隼人君隼人君!!」

「さ、咲奈さん……っ」

背は俺の方が高いので、胸の辺りに咲奈さんの顔が来るわけだが……ギュッと背中に腕を回されているため、腹部に当たる膨らみはやはり亜利沙や藍那以上だ……っ！

「嬉しいです隼人君……そんな風に言っていただいて♪」

「あ、はい……」

「お母さん……お母さん……ふふ……うふふふふっ！」

あ、ちょっと怖いかも……。

まあでも、意識的に咲奈さんに母さんと言ったことは……こんな表情を見せられたら後悔なんて出来るわけもないか。

その後、亜利沙と藍那も戻ってきて夕飯の時間となった。

「これ、すっごく美味《おい》しい！」

「このお魚は何かしら……」

「ふぅ、お風呂上がりのお酒は最高ね」

昼食も凄かったけれど、旅館のスタッフさんが言ってたように夕飯は更に凄いものだった。

主に魚介類が多かったけれど、フグの刺身は特に絶品だった。

「…………」

さて、こうして俺は夕飯を心から楽しんでいる。

だがしかし、それとは別にチラチラと視線が泳ぐのはやっぱり……浴衣姿の彼女たちが居るからだろう。

おそらく普通に着ているとは思うんだが、みんな浴衣の襟元から胸の谷間が見えるというか……咲奈さんに至っては酔いが回ったせいで体が熱いのか少しはだけている。

「……あら？」

そんな中、咲奈さんが少しお酒を零《こぼ》した。

口元から胸に零れたお酒……それはちょうど胸の谷間に神秘の泉を形成するが如《ごと》く留《とど》ま

るという奇跡を起こす。

それをジッと見ていると、咲奈さんが俺に気付いた。

「まだお酒はダメですよ。成人して大人になってから一緒に飲みましょう」

「は、はい！」

「隼人君が望むなら、ここに顔を近づけて飲んでも良いですからね？」

それはどういう意味ですかね⁉

咲奈さんの発言にドキッとした俺を見て、亜利沙と藍那は互いに頷《うなず》き合《あ》い、上手《じょうず》に胸の谷間へお茶を零し……お〜い⁉

「隼人君」

「飲んで良いよ？」

…………。

待ち望んだ温泉旅行一日目、やっぱり思った通り、ドキドキしながらも嬉しい悲鳴を上げる思い出がたくさん出来たぜ……ふぅ。

▼▽

旅行の夜ともなれば、落ち着かない夜であってもおかしくはない。

昼間に少し休んだ咲奈さんはお酒の力によって既に眠っており、規則正しい寝息が聞こえてくる……そう、聞こえてくる寝息は彼女のだけだ。

「隼人君、起きてる？」

「隼人君、起きてるかな？」

「……おう」

もちろん起きてますとも。

どうしてこんなに寝られないのか自分でも分からないけれど、もしかしたらあまりの楽しさにまだ体は動きてえよって訴えてるのかも。

「二人は眠れないのか？」

「そうね……眠れないのかもしれないわ」

「う～ん、なんでだろうねぇ」

二人も眠れないのか……そう思って交互に二人に目を向けると、彼女たちは俺の方へ体を向けて横になっている。

このまま見つめられ続けて眠ることになるかと思った直後だ。

左右で横になる二人が徐々にこちら側へと進出してきた……俺が小声で放つ制止の声を聞くことなく、二人は完全に俺の布団へと侵入した。

「まあ、旅行先の夜といったらこれじゃない？」

「隼人君はこういうのなかった？　お友達と一緒だと、寝る前にこうして楽しい時間を過ごすのってさ」

「これは楽しいというか……あのだなぁ！」

っ……咲奈さんが寝てるから声を抑えないと。

というか声の大きかった俺に対して藍那がしーってするように指を立ててるし、これって俺が悪いのか⁉

「……ドキドキするわね」

「うん……やっぱり暗いと凄くキュンキュンしちゃう」

確かに二人が言ったようにこういう機会はあったかもしれない。

友人の家に泊まった時とか、或《あ》るいは学校行事の一環で泊まった時に寝付くことが中々出来ず、クラスメイトと騒いだり……こんな風に他人の布団に侵入してじゃれ合ったりも……いや、流石にそれは小学生くらいまでだったかなぁ……もう覚えてないや。

「でも、私たちの悪戯《いたずら》は子供のものじゃないわ」

「そうだねぇ。ねえ隼人君、心臓の音が凄いよ？」

「誰だってこうなるだろ……っ」

二人して俺のお腹《なか》を擦《さす》ってくる……くすぐったいし、何より手付きがとてもいやらしいというか……これ、露天風呂の再現では!?

「文句はないわよね？　だって隼人君、お風呂で私たち二人のおっぱいを揉《も》んだでしょう？」

「あれはあたしたちが意図したものだよ姉さん。隼人君のせいにしちゃダメだってば」

あ、藍那!!

「ふ〜ん？　それにしては私よりもあなたの手付きがいやらしく感じるけれどね？　姑息《こそく》な点数稼ぎはやめなさい」

「姑息……？　その言い方は流石に気に食わないよ姉さん」

「は？」

「何かな？」

突然に訪れた不穏な空気に俺はあたふたしたが、そこで二人はクスッと笑う……くっ！

俺はどうやら二人に遊ばれてしまったらしい。

「私たちは喧嘩《けんか》……することはあるけど滅多《めった》にないわよ」

「そうだねぇ♪　だから安心して隼人君。そもそも間に隼人君が居るのに空気を悪くしたりはしないから」

「……ほっ」

つい、ホッとため息が零れた。

まあでもこれもまた親しい人たちとの夜の一幕であり、お泊まりの醍醐味《だいごみ》ってやつなんだろう――少なくとも、今の俺はとても幸せだから。

結局、その後も色々とやり取りをしてしまい寝るのが遅くなったが……その間ずっと彼女たちの手が俺の体を這《は》っていたのは言うまでもない。

…………。

うん？

「あれ……？」

おやっと、俺は首を傾《かし》げた。

亜利沙と藍那の手が体を這う感覚に悩まされながらも、どうやらあのまま俺は少しばかり眠っていたようだ。

「すぅ……すぅ……」

「……むにゃ」

左、右と順に視線を向けると亜利沙と藍那が気持ち良さそうに眠っており、その寝顔もまた可愛《かわい》く……そしてとにかく綺麗《きれい》だった。

もちろん藍那を挟んだ向こう側で咲奈さんも寝ており、寝る前のいやらしさ全開の雰囲気と、夕飯の時の騒がしさが嘘《うそ》のような静寂さだ。

（……どうしよ、変に目が覚めちゃったな）

まだまだ日付が変わったくらいの時間帯……まだ夜明けまで時間はあるってのに、おまけに眠気も全くないのは嫌だなぁ。

これで寝不足になってせっかくの旅行二日目が心から楽しめないのは絶対に嫌だ……よしっ、どうにか眠るように頑張ろう。

ジッとして目を瞑《つぶ》れば寝られる……寝られるよなぁ！

「隼人君……」

そう意気込んだ俺の耳に亜利沙の声が届く。

亜利沙も藍那も俺の方へ体を向けているのは変わらないのだが、たとえ寝言であっても名前を呼ばれたら視線を向けてしまう。

胸元が少しはだけ、豊かな胸の谷間に目が行くも……これに関しては仕方ないよなと開き直る。

「……エッチだな」

凄《すご》くエッチだと、俺は強く頷く。

温泉でもそうだったし寝る前も悪戯されたし……これって、俺の方から少しだけ悪戯をしても許されるのでは？

彼女たちにこちらから仕掛ける……なんてことは滅多にない。

「……ごくっ」

だからこそ少しドキドキするというか……とても罪深いことをするような気にさせられる。

「……ツンツン」

亜利沙の頬《ほお》を優しく突《つつ》く……起きることはなく、くすぐったそうに身を捩《よじ》った。

その反応がとても可愛くて、今度は藍那だと思い体の向きを変える。

藍那も亜利沙同様に深く寝入っているようで、この程度の悪戯なら何も問題はなさそうだ。

「……ツンツン」

藍那も起きることはなかった……けど、亜利沙同様に反応が可愛くてついつい続けてしまった。

「……こういう時、ツンツンしたい場所は別にあるよなって」

そう言って目が向くのは上下する胸……柔らかそうなそこだ。

二人に悪戯されたのだからそれくらいは良いだろ？　なんて思って俺は今こうしているけれど、流石《さすが》にこればかりは出来ない……恐れ多いというか、罰が当たりそうだし？

眠っている二人の胸を触るだなんてとんでもない！　そう俺は必死に煩悩を抑え込みながら寝るぞ寝るぞと瞼《まぶた》を閉じる……よし、寝よう！

それでも当然のようにすぐには寝付けなかったので、絶対に効くわけがないとは思うが頭の中で羊を数え続けることにして……そうして気付けば眠りに落ちていた。

しかし……どんなに軽いことであっても俺が二人に悪戯をしたのは変わらない。

だからだろうか……俺はこの日、少し怖い夢を見た。

六、カボチャの騎士、再臨

ふと、俺は昼間に訪れた泉にて意識を取り戻した。

周りは漆黒……夜の帳《とばり》が下りている証《あかし》であり、あんなに綺麗だった水面は闇に染まって真っ黒だ。

「……どうしてここに？」

俺は……確か旅館の部屋で眠っていたはずだった。

それなのにいきなりここに居るのは……まさか夢遊病とか!?

「……マジかよ、んなわけないと思いたいけど――」

だとしたらどうして俺はここに……。

それを考えていた時、ぴちゃんと水の音がした――反射的にそちらへ視線を向けると、そこには真っ黒な泉の中から顔を出している女の姿。

「な、なんでええええええっ!?」

俺の悲鳴が辺りに木霊《こだま》する。

長い髪が垂れ下がって顔は見えないが、逆に見えなくて良かったかもしれないと思えるくらいには不気味だった。

「……え？」

逃げないと……そう思っても足が動かなかった。

何かに固定されているかのように微動だにしない俺の足……なんで、なんで動かないいんだよ！

必死に動かそうとしてもやはり動かせない。水を掻《か》き分《わ》けるようにして女は俺へと近づく……そして、泉から這い出て目の前までやってきた。

「浮気する男は許さない……絶対に……絶対に許さない」

「な、何言ってやがる……」

浮気だって？　てかこいつ……もしかしてあの女性スタッフが言ってた話の女の幽霊か!?　でもあれは作り話だったはず……本当にあった話じゃないはずだ。

ならこれは現実じゃない……？

そこまで考えたところで、ガシッと強く肩を摑《つか》まれた。

「あの子たちを救わないと……私のような悲劇を起こさないために。あなたを処理しなければ!!」

「っ……こいつ、放しやがれ！」

こ、この女めっちゃ力が強い⁉

必死に引き離そうとするがそれは叶《かな》わず、大きな声を出そうとしても更にグッと口を押さえられ……くそっ、何だってんだよこれは！

「クソッタレ……何を考えてるのか知らねえけど、あんたの思い込みを俺たちに押し付けるな！」

「黙りなさい！　あなたはあの子たちを不幸にする……絶対に……だからあなたは居なくならなければいけない！」

こいつ……。

俺は決して女性には手を出さない……けど、こんな話の分からない化け物みたいな奴《やつ》に我慢する必要はない。

でも肝心の体が全く動かない。

女の手が俺の首に触れようとしたその瞬間、パーンと音が響きこの暗闇の空間に光が差し込んだ。

「なにっ⁉」

驚く女の顔が妙に印象的で焦りを忘れてジッと見てしまったが、そんな女の顔が誰かによって蹴り飛ばされた……え？

「……え？」

大事なことなので二回の驚き……じゃなくて！

蹴っ飛ばされた女の方が心配になりそうな勢いだが、シュタッと傍《そば》に降り立ったのは藍《あい》那《な》だった。

「藍那……？　それに――」

もちろん藍那が居るなら彼女も居ないわけがなく、藍那と反対側に降り立ったのは亜利《あり》沙《さ》だ。

「亜利沙！」

「お待たせ隼人《はやと》君！」

「待たせたね隼人君！」

二人とも笑顔で俺を安心させてくれる……あれ？　俺ってヒロイン？

なんて馬鹿なことを考えられるくらいには落ち着くことが出来たけど、本当に俺目線からしたら亜利沙と藍那は制服姿だけどヒーローにしか見えない……制服姿？

「なんで制服……あれ？」

……もう何が何だか分からねえや。

俺をかばうように一歩前に出た彼女たちは、いつもは見せないような雰囲気を醸し出している。

「どこの誰か知らないけれど、随分と勝手なことを言ってたみたいね？」

「本当にそうだよ。あなたの勝手な思い込みであたしたちの大事な人を傷つけないでもらえるかなぁ？」

「わ、私はあなたたちのためを思って――」

ギロリと、二人は女を睨《にら》みつけたみたいだ。

あまりに恐ろしい形相だったのか女はビビったように体を震わせ、逃げるように泉の中へと戻ろうとしたが、その隙を亜利沙たちは見逃さなかった。

「逃がさないわ！」

「逃がさないよ！」

二人はビュンと高く飛び上がり、そのまま女へと向かっていく。

俺はヒーローもののアニメを見ているような感覚になりながら、事の成り行きを見守るしかなかったが、決着は一瞬だった。

「私たちの恋路を邪魔する奴は！」

「あたしたちに蹴られて三途《さんず》の川《かわ》ぁ!!」

「いいいいやあああああああああっ!!」

亜利沙と藍那、二人の攻撃が綺麗《きれい》に女に決まった瞬間——俺は。

▼▽

「っ……？」

パッと目を開けた時、視界に広がったのは見覚えのない天井だ。

「ここは……見覚えのない天井だ」

そうボソッと呟《つぶや》き、何言ってんだよと俺は笑う。

でもこのネタ一度でいいからやってみたかったんだよなぁ……さて、俺はそこでふむと全てに合点がいった。

(俺……夢を見てたのか)

今まで見ていたあの光景……あの作り話に出てきた女性に襲われるかのような光景は全て夢だったんだ。

そりゃそうだ！

女の人が泉からヌルッと出てくるわけもないし、亜利沙と藍那が超人的な身体能力で女の人を倒したんだから。

「……ったく、なんて夢を見たんだろうな」

後半はともかく、前半は本当に怖かった。

これもおそらくあんな作り話を聞かせたあの人のせいだ……まあまた会ったとしても文句を言うつもりはないけど。

「……隼人君」

「むにゃ……好きぃ隼人くぅん」

夢のことを考えていたが、すぐに両隣へと意識を向けさせられた。

順に左、右と顔を向けてみる……亜利沙と藍那が、俺の方へ体を向けるようにして目を閉じている。

咲奈《さきな》さんは藍那を挟んだ向こう側で眠っており……そうだったな。

俺たち、こうやって並んで昨日は寝たんだった。

昨日はここに着いてからずっと楽しくて……温泉も最高だったし、料理も最高だった。

その後にみんなで眠る前の雑談だって楽しかった。

温泉旅行は今日で終わりだけど、まだ二日目が始まったばかり……今日もまた、昨日と違う楽しみがあるはずだ。

「……とはいえでござるよ」

おっと、つい変な喋《しゃべ》り方になったのも仕方ない。

それというのも隣で眠る亜利沙と藍那……二人の浴衣《ゆかた》がかなりはだけてしまっており、両方の目がそれぞれ別方向を向きそうになるくらいに素晴らしい光景が広がっている。

「どっちを見る……右か左か」

まあ家でもこんな瞬間はあったけれど、それでも圧倒的な目の保養だ。

男としてこれはいつも以上に目に焼き付けなくてはと考えつつも、まずは眠る二人に言いたいことがある。

「二人とも、助けに来てくれてありがとな」

夢ではあったが、助けに来てくれた二人に感謝を……よし！

では早速、二人のことを思う存分見つめようとしたところで亜利沙が動きを見せた。

「……あら？」

「っ……」

こ、ここで目を覚ますだと⁉

しかし幸いだったのは視線だけを向けていたので、亜利沙の方で動きがあったのを察知し目を閉じることが出来た。

あまりにも亜利沙の勘が鋭くて起きていることを察知されたら俺の負けだが、今のところその心配はなさそうだ。

「隼人君……ふふっ、まだ寝てるのね。それに藍那と母さんも」

そうだよ、起きてるのは俺と君だけだ。

視界を封印しているせいで何も見えないが、亜利沙がガサゴソと動いているのだけは分かる……うん？

「……隼人君」

あれ……亜利沙？

隣で動きを見せた亜利沙が今、俺の上に居ないか？　具体的にはおそらく四《よ》つん這《ば》いの状態で俺を見下ろしているような……そんな気がする。

「隼人君……可愛《かわい》い寝顔だわ。このまま、あなたに私の存在を刻み付けたい……あなただけの私なんだってね」

（あ、亜利沙さん⁉）

亜利沙はグッと体を俺へと押し付けてきた。

それでも完全に体重を掛けたら俺が起きることを分かっているのか、彼女は本当に絶妙な位置で体を持ち上げながら俺に触れている……いや、体を擦《こす》り付けている……？

「隼人君……私はあなただけのものよ……私、ずっと言ってるわよね？　ねえお願いよ隼人君……俺のものだって言ってよぉ」

それはたぶん、初めて聞いた声音だったかもしれない。

亜利沙の喋り方はいつもクールで、藍那に比べたら若干の冷たささえ帯びている……けれど、声音だけでなく喋り方も少しいつもと違った。

まるで甘える藍那のような声に、亜利沙の新しい一面を見た気がした。

「私……いやらしい女だわ。眠っている恋人にこんな……でも、でも我慢出来ないの……目が覚めたばかりなのに体がこんなに火照《ほて》って……っ」

甘い……甘い香りが漂う。

目の前で揺れているであろう髪の毛から漂う香りだろうか、それとも亜利沙自身の体から放たれるエッチな香りなのか⁉

しばらく考え続けた俺は、後で起きていたことを謝らないといけないなと思いながら、亜利沙の背中を抱き寄せた。

「きゃっ……」

あまりにも簡単に彼女の体は俺の上へと落ちた。

俺の顔のすぐ横に彼女の顔がある……俺はそっと、亜利沙の頭を撫《な》でながらこう言った。

「心配しなくても君は俺の大事な恋人……俺だけの女の子だ」

やっぱり……たとえ演技でも「もの」って言うのは覚悟が要るな。

亜利沙にはそれで十分だったらしく、このままの状態で手と足を惜しみなく使い絡みついてきた。

「おはよう隼人君……起きてたの？　酷《ひど》い人」

「おはよう亜利沙、実は早めに起きてた……嫌いになった？」

「そんなわけないわ。好きよ、愛してるわ隼人君」

顔を上げた亜利沙はそっと顔を近づけ……そのままキスをする。

漫画とかアニメで恋人たちが朝の目覚めにキスをするシーンは見たことがあるけれど、やっぱり朝一番のキスは気持ちを晴れやかにしてくれるのだと再認識した。

「……ってちょっと待って」

「うん？」

「早めにってことは……私がその……体を色々してたのも……？」

「……おう」

「っ……もう！」

亜利沙は瞬時に顔を真っ赤にし、トイレに向かった。

「……くそっ、凄くエッチだったぜ」

まだ体を擦り付けられた感覚が残っており、匂いも感触も完全に亜利沙によって刻み付けられてしまった……まあいつものことと言ったらそれまでだけど、環境が違うからか妙に意識してしまう。

「……姉さん、あたしオムライスぅ……はれ？」

「……藍那さん？」

「隼人君……？　あ、おはよう……あたし寝惚《ねぼ》けてたかも」

「そだね……おはよう藍那」

随分と可愛い寝言だったけどね。

それからしばらくして亜利沙は戻り、その頃には咲奈さんも目を覚ました。

「ふわぁ……良い朝の目覚めね。おはようございます隼人君」

「おはようございます咲奈さん」

というか、俺は言いたいことがある。

亜利沙もそうだったけどどうして藍那も咲奈さんも……新条《しんじょう》家の女性陣は朝に浴衣がはだけるんですかね……おそらく一生の疑問になりそうだけど本人たちに聞くわけにもいかない。

「……う～ん」

「どうした？」

何やら考え込む藍那。

彼女は腕を組みながらこんなことを口にした。

「あたし……なんか変な夢見た気がするんだよねぇ。変な女の人に隼人君が襲われてて、それであたしと姉さんでギッタンギッタンにしちゃうの！」

「あら、そんな夢を見たの？」

「うん……相手の人、結構綺麗だったんだけど隼人君がすっごく嫌そうにしてたからぶっ潰してやるって思ったもん！」

「……私も似たような夢を見た気がするわね」

……ははっ、これは偶然か何かかな？

藍那はほぼ確信を持っているし、亜利沙も見たような気がすると言って考え込む……こんなこと普通じゃあり得ないけれど、俺たちだからこそ繋《つな》がってたのかなとも思えて自然と笑みが零《こぼ》れた。

「隼人君？」

「どうしたの？」

「いいや、二人ともめっちゃ好きだわ～！」

もうね、助けてくれてありがとうって気持ちだよマジでさ！

昨日の温泉でしたかのように、けれども手の位置には気を付けながら並ぶ二人をこれでもかと抱き込む。

「もう……甘えん坊ね隼人君は」

「あははっ、でもすっごく可愛い♪」

二人に微笑《ほほえ》まれ、俺はもっと強く二人を抱きしめる。

なあ名も知らぬ亡霊の人！　こんな俺たちを見てもまだあの夢で言った言葉が言えるか？　俺たちはこんなに幸せなんだ……もちろん、二人が笑ってくれているからと満足せず、もっと二人に相応《ふさわ》しい男になる。

だから浮気だとかそんなのは余計なお世話だ――俺は絶対、二人を裏切るようなことはしない！

そうして二人を抱きしめていた時、パシャッとスマホで写真を撮る音が聞こえた。

「ふふっ、良い写真が撮れました。しばらく待ち受けにしますね」

「あ、後で送ってください！」

「母さん、私にも後で送って頂戴」

「あたしにもあたしにも！」

みんな考えることは同じで、朝から俺たちの笑い声が響く。

その後は身支度を済ませ美味《おい》しい朝食を頂き、旅行二日目を楽しむために部屋を出るのだった。

さて、昨日はこうして部屋を出てあの男の子と出会ったけど、流石《さすが》に二日連続で出会うことはなかった。

とはいえ今日はまだ始まったばかりなので、これからどこかでまだ出会える可能性もあるだろうし……何だろうなぁ。

(見つけた途端に駆け寄ってくる姿が可愛いんだよな)

素直に俺はそう思った。

別に小さな子が好きだとかそういうことではないんだけど、あんな風に懐かれて悪い気分になる奴《やつ》は居ないだろう。

でも……よくよく考えたら俺ってたくさん人助けをしている気がする。

それは別に自分のことを凄《すご》いだろって思うわけでも、優しいなって自画自賛するわけでもない。

あの男の子を助けたこともそうだけど、亜利沙たちを助けたことも今に繋がっている……偶然の産物ではあるが、誰かを助けてきたことがこうして今の俺を形作っている……そう思ったら、今の俺で良かったって胸を張れる。

俺がこうなれたのは俺だけの在り方じゃない……俺を見守ってくれた存在が傍《そば》に居たからだ。

亜利沙たちと親しくなる前に仲良くなった親友二人の顔がすぐに浮かんだ――どうやら、俺に良いことを齎《もたら》した縁で一番なのは彼らとの関わりなのかもしれない……いや、きっとそうなんだろう。

「隼人君が私たちじゃない誰かを思い浮かべてる顔してるわ」

「むぅ……誰なのぉ？」

「安心してくれ。男だから」

「……え？」

「……え？」

「そのリアクションやめようね」

そんな誤解されたら俺、泣いちゃうからね？

冗談冗談と笑う二人にため息を吐《つ》きながらも、これから待ち受ける旅行二日目の楽しみに、俺は胸が踊るのを隠せなかった。

「それじゃあ大通りの方へ行く？」

「そうだね。お母さん、はぐれないでねぇ～？」

「大丈夫よ。……そんなに私って信用ないのかしら」

信用してますよと、俺は苦笑しながら咲奈さんの背中を押した。

これから俺たちが向かおうとしているのは旅館から少し歩いた場所にある通りで、そこには多くの出店が立ち並んでいるらしい。

そこそこ有名な温泉旅館で近くに観光名所が多くあるのも、出店を運営する側からすれば理に適《かな》っているということだ。

（この旅館周辺の観光名所は昨日回ったし、今日は軽めの観光になりそうだな）

それはそれで少し寂しいかなと思うけど、大切な人たちとのんびり観光出来ることの喜びを味わないながら今日は楽しもうか。

「隼人君！　遅れてるわよ！」

「手を繋いだ方がいいかな～？」

おっと、少し考え事をしてて俺の方がはぐれそうになっていた。

これじゃあ先が思いやられるなと苦笑し、ごめんと言ってすぐに彼女らのもとへ駆け寄り、藍那に優しく手を摑《つか》まれて歩く。

「藍那、俺は大丈夫だから」

「良いじゃんか。別にそういうことじゃなくても手を繋ぎたいの」

あ、そっちの意味か……なら俺もそうしたいかな。

同じ気持ちなのを示すように藍那の手を握り返し、俺たちは賑《にぎ》わう人波の中へと入っていった。

多くの人で賑わうここはいつもなら車が通っているみたいだが、人が多い休日は交通規制がされているらしく車の姿は見えない。

「あ、可愛《かわい》い！」

そんな中、藍那の声が響いた。

彼女の視線の先では鴨《かも》が列を作って歩いており、多くの人が微笑ましそうに見つめ写真を撮っている。

小さな子供が触ろうと近づくが、流石にそれは親が止めていた。

「親子連れなのね」

きっと近づけば逃げるはず……しかし、こんなに人が多い中を歩くのだから人に慣れているのかな？

「ね、ねえねえ近づいてくるよ？」

「隼人君に向かってきてない？」

「ええ？」

そんな馬鹿なと思いながら鴨の行動を観察していると、確かに先頭の親と思われる鴨は俺に真《ま》っ直《す》ぐ進軍してくる。

その後ろの小さな子供たちは親鴨に付いていっているだけとは思うけれど……それにしては真っ直ぐ俺に向かってくるぞ？

「隼人君が好きなんでしょうか」

「え、初対面のはずですけど」

って、俺たちは何のやり取りをしてるんだ。

こうして話をしている間にも鴨の列は俺へと真っ直ぐ向かい、なんだなんだと他の通行人たちが珍しそうに眺めている。

そしてついに、鴨たちが目の前で止まった。

「……えっと？」

先頭の親鴨は喉を震わせるように可愛く鳴きながら俺を見上げている。

まさか俺の立っている場所を通りたいんじゃないか？

「退《ど》けやカス、うちの子らが通れんやろがいって言われてるんじゃないですかね」

「そ、そんなことはないと思いますが……」

いいやきっとそうに違いない。

ならここを退いてやろうじゃないかと、俺は一歩左へ動いた——鴨たちはジッと動いた俺を見つめている……おや？

「違うみたいね」

「じゃ、じゃあこっちか！」

なら今度は右へ動いてみる！

しかし、また鴨たちは俺を見上げ動かない。

「違うみたいだね。隼人君に何かあるのかなぁ？」

「何かあるなら教えてくれよ……」

逆にちょっと気味悪いというか怖くなってきたぞ。

もしかしたら俺に何か悪霊が憑《つ》いていて、この鴨たちにはそれが見えているから目で俺を追っているんじゃ……？　まさかあの夢に出てきた女の霊がまだ俺に!?

反射的に後ろを振り向いたが、当然そんなモノの気配は感じられない。

「……お前ら、俺に用があるのか？」

膝を折って視線を下げてみても、鴨たちは一切動じない。

相変わらず俺を眺めたまま……まさか触ったり出来るのか？　そう思って手を伸ばす……もちろん触れるのではなく、鴨の顔の前で止めてみるだけだ。

「あ！」

「……可愛い」

親鴨が俺の手をチュンチュンと突《つつ》く。

その仕草はまるで猫が体を押し付けてくるような仕草にも思えたが、ちょっとチクチクする。

痛くはないが、軽くマッサージをされているような気分だ。

「この子たち、本当に逃げませんね」

「はい……俺、何かあんのかな」

この鴨たちを引き寄せる何かが俺にあるとは到底思えないが……俺は試しに手の平を広げて地面に置いてみた。

すると親鴨が俺の手の平に乗った。

そのまま持ち上げると後ろに居た子供たちも乗せてほしいと言わんばかりに俺の靴を突いて……ああもう！　これどうなってんだ。

「おや、珍しいこともあるものですね」

「え？」

そこで俺たちじゃない別の人の声が聞こえ……ってこの声！

「あ、あの時の……」

またヌルッと現れたのは泉で出会った旅館スタッフの女性だった。

彼女の登場に俺は夢のことを思い出したけれど、それで文句を言ったところで意味がないので黙っておく……ただ、よくもあんなのを聞かせてくれたなと恨みがましい視線は送っておこう。

「……私、何かしましたか？」

さあどうでしょうかね……。

女性は困った顔をしながらも、俺の手の平に乗る鴨の頭を撫《な》でながら言葉を続けた。

「この子たちはよくここを散歩しています。しかし、こんな風に見知らぬ人に懐くことはありません――ですが、そんな鴨たちが懐く人が稀《まれ》に居ます」

「それって？」

「それはとても優しい人です。あなたは困っている人が目の前に居たら助けるタイプですか？」

「それは……場合によるかなと」

そう伝えると、女性は頷《うなず》いた。

「なるほど、ですが今の反応で分かりました。あなたはきっと、たくさんの人助けをしてきたのでしょう。詳しくは聞きませんが、この子たちがあなたに懐いているのが何よりの証拠です」

「……はぁ」

確かに目の前に困っている人が居たら手を差し伸べたい。

ただそれは誰でもというわけじゃなく、時と場合によると思う……でもそうだな――思えばこうして旅行に来る前、立て続けに人助けをしたっけ。

あの男の子のことが直近の出来事なら、その前はそれこそ亜利沙たちを助けたこと……友人二人に声を掛けたこと、そして佐伯《さえき》を助けたのもその一つか。

それでこの鴨たちは俺が優しいと思って懐いたってことか……なんだよそれ漫画かよ。

「ならその話は本当ね。隼人君はたくさんの人を助けてる……それは私たちが一番知ってるもの」

「そうだよね！　あははっ、隼人君の優しい部分に気付くなんてこの子たちもやるなぁ」

そう言って亜利沙と藍那は鴨を撫でた。

彼女たちが触れる手に一切警戒心を見せないのはもしかしたら、俺の知り合いだから……？　なんだか、本当に不思議な体験をしている気分にさせられるよ。

「ここまで動物に好かれるなんて凄《すご》いと思いますよ」

「そうなん……ですかね」

咲奈さんも可愛《かわい》いと言って鴨たちを撫で始めた。

それからしばらく、俺たちは鴨たちと戯れた後……妙に名残惜しい気持ちになってその場を離れた。

「さっきみたいなこともそうだけど、やっぱり普段と違う場所に来るとそれだけ不思議なこともあるんだね」

「私たちからすれば隼人君のした善行のおこぼれをもらったようなものだけれどね」

「まあねぇ♪　でもそれも結局は隼人君が居たから経験出来たんだよ」

「そうね。隼人君のおかげだわ」

ニコニコと二人に見つめられ、俺はあははと頭を掻《か》いた。

「良いことをすれば己に返ってくるってことなのかな？」

「かもしれませんね。隼人君から見習うこと、私たちにも多くあります」

咲奈さんが良い子良い子と頭を撫でてくる。

この旅行の間に随分とまた母性に磨きが掛かったような……母性に磨きが掛かるってな

んだよ。

　そうして再び周辺の観光を続ける俺たち、次に目に入ったのはご当地ヒーローショーのようなものだった。

「ヒーローショー？」

「へぇ、こんなのもあるのね」

　これってあれか。

　テレビでやる何とか戦隊何とかレンジャーみたいなの？

　特撮とかはあまり興味がないのもあるけど、こういったステージショーを見たことは当然ない……ふ〜ん、お客さん結構居るな。

　普段見ないからこそ視線を奪われるのも仕方のないことで、俺たちは後ろの方からだがヒーローショーを見ていくことにした。

「くっはっは！　貴様ら正義の味方に負けるものか！　常に勝負は我ら悪が勝つ！」

「そんなことはない！　お前たちは俺たちが必ず倒す！　俺たちは野菜大好き戦隊ベジタレンジャーなのだから！」

　ベジタレンジャー……？

　思いの外語呂が良いなって思ったけどごめん……普通にちょっとダサくないかって思っ

てしまった。

全身真っ黒な服を着た悪の秘密結社のボスに挑む正義の味方ベジタレンジャーという構図
……なるほど、このダサいと思ったベジタレンジャーはこの辺りだと子供たちに大人気らしい。

「頑張れベジタレンジャー！」

「僕、キャベツも人参《にんじん》も茄子《なす》も大好きだよ！」

「ママに野菜食べたこと褒められたよ！」

たとえどんな戦隊モノであっても、悪の組織に立ち向かう正義の味方というのは子供たちにとってかっこいいんだろう。

小さな子供たちが応援する姿、必死に野菜が食べられるようになったと宣言する姿は本当に微笑《ほほえ》ましくてついつい笑みが零《こぼ》れる。

「微笑ましいわね」

「うん……あたしたちにもあんな頃あったのかなぁ？」

「これとは少し違うけれど、二人にもこんな無邪気な時はあったわ」

取《と》り敢《あ》えず亜利沙たちもこの場の雰囲気を楽しめているらしい。

子供の笑顔は多くの人を笑顔にする……俺たちはもちろん、子供たちの親やそれ以外の通行人ですら笑顔になっている温かな空間がここにはあった。

「こ、これは……ええい！　この笑顔のオーラ、あまりにも我らに対する攻撃になるではないか！　人質を連れてこい！」

そんな台詞《せりふ》が叫ばれた瞬間、一人の男の子がステージ上へと連れていかれてしまった。

物凄《ものすご》く不安そうで今にも泣き出してしまいそうなその男の子は、昨日再会したあの子だった。

「……あ、助けてお兄ちゃん！」

「え、ええ……？」

そしてまさかの目が合った俺に助けてと手を伸ばす。

これ……どうすりゃいいんだ？　俺自身どうしようもなかったのでその場から動かなかったが、これまたスタッフと思《おぼ》しき人がマイクを手に近づいてきた。

「ベジタレンジャーだけでは彼らに対抗は出来ません！　あの男の子が助けを求めたそこのあなた、どうか力を貸していただけませんか⁉」

そ、そうなるの～～～⁉

目を丸くして驚く俺だけど、これもまたショーの中で行われるお決まりなのか周りの人が不思議そうにする様子もなく、どうするんだろうといった興味津々とした目がいくつも向けられる。

「……すみません。無理なら無理で構いませんので」

こっそりとスタッフさんに伝えられる。当然だがやらなくてもいい選択肢もあるみたいだ。

しかし、俺としては別に断るつもりなんてなかった。

あの男の子を助けるのは二度目だがそれ以上に、ああやって手を伸ばして助けを求められて知らんぷりは絶対に出来ない。

「隼人君……」

「行くんだね？」

「……気を付けて」

「そんな深刻そうな顔しないでね？」

別に命を懸けた戦いに行くわけじゃないんだから、三人ともそんな心配そうな顔はしないで。

俺はスタッフさんに連れられてステージに向かうかと思いきや、まさかのものが差し出された。

「これを被《かぶ》って出ていただきます。大丈夫ですか？」

「……おいおいマジかよ」

手渡されたのは野菜をイメージした仮面だ。

他のベジタレンジャーたちも野菜をモチーフにした仮面を付けているのだが、俺が渡されたのはまさかのカボチャの仮面……俺はどうもつくづくカボチャに縁があるらしい。

「カボチャの騎士様！」

「か、かっこいい!!」

「隼人君、頑張って！」

そして盛り上がる亜利沙と藍那、そして咲奈さん……なんでやねん！

確かにステージ上のヒーローにカボチャは居なかったけど……こうなったらもうどうにでもなれ！

俺はため息を一つ吐《つ》いた後、カボチャのお面を付けた。

その瞬間……やはりあの感覚、全てを見透かせるかのような不思議な感覚が俺を包んだ。

「っ……これは」

「俺はこのまま進めば？」

「は、はい！」

妙に緊張した様子のスタッフさんに首を傾《かし》げつつ、ステージの上へと立ったのだが……

何故《なぜ》かみんながシーンと静まり返って俺を見つめている。

何かおかしな部分があるのかなと思ったけど何もなかったので、俺は相変わらず手を伸ばし続ける男の子のもとへ……ってあれ？

「か、勝てぬ！　このカボチャ様には勝てん！」

「……え？」

「その子を放すのだ！　我らが悪かった……我らが過ちを犯したのだ！」

「……あれぇ？」

何だこれはと思ったのも束《つか》の間《ま》、もしかしたらこれも演出なのか？

確かに俺みたいにステージに上がる人は、台本の内容を知らないのだからこうしてすぐに終わった方が良いに決まってるからな……な〜るほどそういうことだったのか！

「お兄ちゃん！」

男の子が腰に飛び付いてきたので、頭を優しく撫《な》でてあげた。

「大丈夫だったか？」

「うん……また助けられちゃったね」

「そうだな。まあでも、こういう縁も悪くないだろ？」

「えへへ、うん！」

それから男の子を連れて俺はステージから降りたのだが、そこでベジタレンジャーのリーダーであるトマトレンジャーが俺のもとへやってきた。

「君、もし住まいが近くなら是非とも俺たちの一員にならないか？」

「ごめんなさい」

全然近くないし、そもそも恥ずかしいので全力で断らせてもらった。

「隼人君～！」

「お疲れ様」

「かっこよかったですよ♪」

「あはは……特に何かをしたわけじゃないんですけどね」

俺がしたことと言えばステージに上がっただけ、それで勝手にあっちが降参して終わったのだから。

「お兄ちゃん……顔が見えないといつもよりかっこいい？」

「おい、それは俺の顔が悪いって言いたいのか？」

「違うよ～！　すっごく強そうなんだよ！」

ほう、そうかそうか。

強そうと言われたら悪い気分はしないので、やっぱりこの子は中々に良い子じゃないかと思いまた頭を撫でる。

「今日も助けてくれてありがとお兄ちゃん！　また……っ」

「どうしたんだ?」

「……また会えたら遊んでくれる?」

不安そうな男の子の……正直、その言葉に確約なんて出来ない。

俺たちは住んでいる場所が違う……だから次どこで会えるかなんて確かなことは分から

ないんだ。

それでも、こういう時に伝えるべき言葉は分かっていた。

「もちろんだ。またな」

「！　うん！　バイバイ！」

そうして男の子はそのままご両親のもとへ走っていった。

あちらのご両親がこちらを見て頭を下げていたので、俺も頭を下げた。

「あの子、隼人君のことが大好きみたいね」

「嬉《うれ》しいことだな……また会えると良いんだが」

「会えるよきっと。だってあの子にとって隼人君はヒーローじゃん」

ヒーロー……か。

俺にとって、誰かのヒーローになりたいのだとしたらそれは――。

「もちろん私たちにとっても」

「ヒーローだけどね！」

……そう、俺は二人のヒーローでありたい。

二人に頼りにされたい、二人に必要とされる男でありたい……それが俺の目指すべき場所、俺がなりたい自分。

「なれますよ隼人君なら」

「咲奈さん……はい！」

どうして考えていることが分かったのか、それも今更か。

もちろん俺がどう考えていたのかを隅から隅まで察していたのは咲奈さんだけでなく、亜利沙と藍那も同じだったみたいだ。

「さ〜てと、予想外のことがあったけどまだまだ楽しむぞ！　行くぜ亜利沙、藍那！　咲奈さんも！」

「あ、ちょっと隼人君!?」

「れっつご〜！」

「若いって良いですねぇ」

こうして俺たちは二日目も楽しみ、時間が過ぎるのもあっという間だった。

楽しめた催し物はあまりに多く、知人へのお土産《みやげ》を買う頃にははしゃぎすぎた俺たち子供組はクタクタだった。

「休憩しよ～……」

そんな藍那の疲れ切った声と共に、俺たち三人は揃《そろ》ってベンチへと腰を下ろす。

俺を挟むように亜利沙と藍那は座っており、ぐで～っと寄り掛かるようにして体をベンチに預けている。

「はしゃぎすぎましたね？」

「そう……ですね。でも凄《すご》く楽しかったです」

あと少しすれば帰る時間がやってくる。

実を言うとまだまだ回り切れていない場所もあるし、みんなで楽しみたいものはたくさんあるんだ……けど時間は有限だ。

「隼人君？　どうしましたか？」

浮かない顔にでも見えたのか、咲奈さんが俺の顔を覗《のぞ》き込《こ》みながらそう聞いてきた。

俺は少し迷って、思ったことを正直に言葉に乗せた。

「その……本当に楽しかったなって、仕方ないとはいえ一泊二日なのが物足りないくらい楽しかったんです」

そう……まだまだ楽しみたいって、そう思えるくらい楽しかった。

彼女たちと普段から一緒に居るのは変わらないけれど、あまりにも親しくなってきたからこそ抱いた親愛という気持ち……それに包まれて過ごす日々はまるでそう——家族みたいだった。

「こうして旅行に来たのも久しぶりで……大好きな人たちに囲まれていた瞬間はまるで家族を感じたみたいだったんです」

「隼人君……」

「家族……」

ギュッと手を握ってきた二人。

その手の温《ぬく》もりを感じながら言葉を続ける。

「二度と感じられないって思っていた、そんなことを言うつもりはないです。でも高校生でこの温もりをまた感じることが出来るって想像していませんでした。まあみんなと会ってから何度もありましたけど、だからこそ楽しくて嬉しかった」

そこで一拍間を置き、この言葉で締《し》め括《くく》るのだった。

「みんなと出会えて……本当に良かった」

そう口にした瞬間、亜利沙と藍那がガバッと強く抱き着いてきた。

その後に感極まった様子の咲奈さんにも抱きしめられ……俺は代わる代わる幸せであり

ながら苦しい目に遭ったものの、やっぱりこんな風に想《おも》われるというのは心から嬉しかった。

「またみんなで来ましょうね」

「絶対だよ！」

「必ずまた実現しましょう」

優しく伝えられたその言葉に、俺は心から頷《うなず》くのだった。

こうしてかねてより楽しみにしていた温泉旅行は大満足に終わり、俺はまた一つ大切な思い出を大好きな彼女たちと作ることが出来た。

「それにしてもベジタレンジャーかっこよかったね！」

「そうね！　中々センスがある名前だと思ったわ！」

「あら、二人ともそう思ったの？　実は私もなのよぉ」

「…………」

え？　一瞬でもダサいって思ったの俺だけ……？

……⁇

ベジタレンジャーってダサくなくてかっこいいの……？　あれれ～？

車での帰路、俺はずっと自分の感性を疑い続けた。

エピローグ

温泉旅行から帰ると何がやってくる？　決まってるだろ？　いつも通りの日常が戻ってくる。

「……なんてな」

「どうしたの？」

「いや、何でもない」

顔を向けた亜利沙《ありさ》に首を振り、俺は手元に視線を戻す。

改めていつもの日々が戻ってきたと言ったが、最近少しばかり癖になっているものがある――それは勉強だ。

「まさかテスト後もこうやって勉強するなんてなぁ」

「むしろこれが学生としては普通の姿な気もするけどね？」

「確かに」

それもそうだと俺は笑った。

温泉旅行前のテスト勉強に力を入れたのは確かだけど、どうもあれは良い方向の癖として俺の体に染み付いたらしい。

学校が終われば基本的に彼女たちとのんびり過ごすんだけれど、こうして軽く復習をする時間を設けるようになった。

「彼女とする勉強って楽しいや」

「私も彼氏と一緒にする勉強は楽しいわ」

お互いにクスッと笑い合い、そこで俺は視線をそっと横へズラす。

ここは亜利沙の部屋ということで、亜利沙が居るのはもちろんだけど藍那《あいな》もちゃんとこの場に居るのだが、彼女は寝転がって雑誌を読んでいる。

「ふんふんふ～ん♪」

途中まで藍那も一緒に勉強していたけれど、ちょっと飽きたみたいだ。

それから三十分ほど藍那の鼻歌をＢＧＭに勉強をした後、俺も亜利沙も満足して勉強道具を片付けた。

「そういえば、藍那は楽しそうに何を読んでるの？」

「え？　あぁこれ？」

サッと体を起こして机に広げた雑誌、そのページには綺麗《きれい》な女性がウエディングドレスを纏って写っている。

どうしてウエディングドレス？

そう思ったけれどもうすぐ六月ということでなるほど……ジューンブライドってやつか。

「ねえねえ隼人《はやと》君」

「うん？」

「あたしたちがこういうの着たら似合うかなぁ？」

「似合う」

「わっ、即答だ」

そりゃ似合うに決まってるだろうがよぉ！

俺からすれば二人がどんな服装でも似合うって言葉しか出てこないけれど、彼女たちがこの純白のドレスを着たら……果たしてどれだけ綺麗に見えるのか逆に怖いくらいだ。

とはいえ、これを拝める日が来るとすればもっと先……それこそ何年も先のはず。

(その時まで二人と一緒に居られる日々……守らないとな)

おそらく彼女たちと過ごす中でいつか必ず障害は出てくると思う……いや、確実にあると思っているけど不思議と心配はない……何故《なぜ》なら乗り越えられると信じてるから。

「隼人君」

とはいえ……とはいえだぞ？

亜利沙と藍那……二人のウエディングドレス姿は本当に見てみたい。

神聖な儀式のために用意される美しいドレス……それは亜利沙と藍那の魅力をこれでもかと引き出すはずだ。

しかしこういうドレスだからこそ、凄くスタイルが良くてエッチな二人がどんな風になるのか……我ながら呆《あき》れてしまうけれど、そっちもかなり気になってしまう。

「隼人君！」

「ひゃい⁉」

突然、耳元で名前を呼ばれて俺は驚く。

肩を震わせながら視線を向けた先に居たのは藍那で、彼女はぷくっと頰《ほお》を膨らませて俺を見つめている。

亜利沙は……居ない？

「姉さんはお手洗いに行ったよ。隼人君、あたしの呼びかけに気付かないくらいの考え事してたの？」

「あ〜……まあなんだ、はい」

「ふ〜ん？　想像しちゃった？　あたしたちがこれを着てるの」

「……うん」

もはや誤魔化《ごまか》す必要もないだろう。

俺が素直に頷くと藍那は嬉《うれ》しそうに微笑《ほほえ》み、胡坐《あぐら》をかく俺の膝の上に彼女は腰を下ろした。

ふんわりと香る甘い匂いと、綺麗な瞳に吸い込まれそうになるほどの距離感……俺たちにとって、これくらいの距離は慣れたものだけど、やっぱりドキドキするのは変わらない。

「旅行、楽しかったね」

「あぁ」

「お勉強、すっごく頑張ったね」

「あぁ」

「隼人君が傍《そば》に居てくれること、凄く嬉しいよ♪」

「お、おう……」

っ……何度も言われている言葉なのに、改めてじっくり言われると妙に恥ずかしくなるな……今の俺、凄く顔赤くなってないか？

「照れてるんだね……可愛《かわい》い♪」

「っ……どうしたんだ？」

「ううん、ちょっとね……あたしも将来のことを考えてたのと同じで、隼人君も想像してくれたのが嬉しかったの」

更に笑みを深めた藍那……くそっ、妙に空気が甘い気がする。

藍那がはぁっと息を吐けば、それは温かな空気となって俺に届く……それくらいの至近距離なんだ今の俺たちは。

「旅行から帰ってきた日の夜、隼人君は帰宅しちゃって居なかった時のことなんだけどね。姉さんと二人で話をしたの」

「話？」

「うん――隼人君が頑張る姿、隼人君が誰かに優しい目を向ける姿、隼人君があたしたちに愛を向けてくれる姿……その全部が愛《いと》おしくて、胸を焦がすほどの熱を芽生えさせてくれるねって」

「…………」

「隼人君……もう完全にあたしたちに捕まっちゃったね？」

「っ⁉」

ペロッと、首筋を舐《な》められた。

ザラッとした舌の感触がくすぐったかったのもあるが、それ以上に藍那の雰囲気に呑《の》まれて動けない。

「そしてあたしたちも隼人君に捕まっちゃってる……絶対に逃げ出せないよねぇ……でもそれって凄《すご》く幸せだよね」

「あ、藍那……？」

「そういえばこれも姉さんに聞いたんだけど、ディープキスに興味があるって本当なの？」

「……え⁉」

ディープキス……深いキスのことだ。

確かに興味がないと言えば嘘《うそ》になるし、このやり取りを亜利沙としたのも本当のことだ。

小さく頷いた俺に対し、藍那も小さくごめんねと言った。

そのごめんねの意味が俺には分からなかったけれど、次の瞬間に俺は藍那にキスをされていた。

「うん……じゅる……れろっ」

「っ⁉⁉」

だが、それは触れるだけのキスじゃない……俺たちが今までしてきたキスではなかった。

歯と歯の間を割るようにして入ってきた藍那の舌……これは紛れもないディープキスだった。

「…………」

一体、どれだけの時間が経《た》ったのだろう……いや、おそらく時間的には数十秒たらずのはず……でもまるで時が止まったかのように、全てが一瞬の中に流れる須臾《しゅゆ》の時に止められたかのように……俺はそんな不思議な時間を過ごした気分になった。

「……ぷはぁ」

顔が離れ、俺と藍那の間に銀色の糸が垂れる。

藍那は満足そうに笑みを浮かべており、何も悪いことはしていないと胸を張りそうな勢いだ……ううん、悪いことなんて彼女はしていない。

だって今のは……キスだから。

「少しだけ……前に進んだね？」

「あ……」

結局のところ、俺たちは前に進んでいくんだ。

どんなに現状を維持しようとしても、どんなに今を大切にしようとしても、俺たちが生きている以上は変わらないなんてことは絶対に出来ない。

でも……今だけ、俺は自分の体に感謝した。

「あ……はれ……」

「あれ？　隼人君……隼人君!?」

スッと体が浮かび上がるような感覚の後、俺は背中から床に倒れ込んだ。

……どうやら俺、今のキスで完全に参ってしまったらしい……でも、俺は確かに経験した……人生で初めてのディープキスを。

（こんなん頭おかしくなるって……）

触れるよりも深いキス……なんて恐ろしいんだ。

しかしそんなことを思っても、これがまた一つ……俺たちの関係性を前に進めていくのも必然だったのだ。

男嫌《おとこぎら》いな美人姉妹《びじんしまい》を名前《なまえ》も告《つ》げずに助《たす》けたら一体《いったい》どうなる？4

著　みょん

角川スニーカー文庫　24115

2024年4月1日　初版発行
2024年6月10日　3版発行

発行者　山下直久

発　行　株式会社KADOKAWA
〒102-8177 東京都千代田区富士見2-13-3
電話　0570-002-301（ナビダイヤル）

印刷所　株式会社KADOKAWA
製本所　株式会社KADOKAWA

◆◇◇

Printed in Japan　ISBN 978-4-04-114775-7　C0193

★ご意見、ご感想をお送りください★
〒102-8177 東京都千代田区富士見 2-13-3
株式会社KADOKAWA　角川スニーカー文庫編集部気付
「みょん」先生「ぎうにう」先生

角川文庫発刊に際して

角川源義

第二次世界大戦の敗北は、軍事力の敗北であった以上に、私たちの若い文化力の敗退であった。私たちの文化が戦争に対して如何に無力であり、単なるあだ花に過ぎなかったかを、私たちは身を以て体験し痛感した。西洋近代文化の摂取にとって、明治以後八十年の歳月は決して短かすぎたとは言えない。にもかかわらず、近代文化の伝統を確立し、自由な批判と柔軟な良識に富む文化層として自らを形成することに私たちは失敗して来た。そしてこれは、各層への文化の普及滲透を任務とする出版人の責任でもあった。

一九四五年以来、私たちは再び振出しに戻り、第一歩から踏み出すことを余儀なくされた。これは大きな不幸ではあるが、反面、これまでの混沌・未熟・歪曲の中にあった我が国の文化に秩序と確たる基礎を齎らすためには絶好の機会でもある。角川書店は、このような祖国の文化的危機にあたり、微力をも顧みず再建の礎石たるべき抱負と決意とをもって出発したが、ここに創立以来の念願を果すべく角川文庫を発刊する。これまで刊行されたあらゆる全集叢書文庫類の長所と短所とを検討し、古今東西の不朽の典籍を、良心的編集のもとに、廉価に、そして書架にふさわしい美本として、多くのひとびとに提供しようとする。しかし私たちは徒らに百科全書的な知識のジレッタントを作ることを目的とせず、あくまで祖国の文化に秩序と再建への道を示し、この文庫を角川書店の栄ある事業として、今後永久に継続発展せしめ、学芸と教養との殿堂として大成せんことを期したい。多くの読書子の愛情ある忠言と支持とによって、この希望と抱負とを完遂せしめられんことを願う。

一九四九年五月三日

みょん新作ラブコメ!
著 みょん
絵 マッパニナッタ
手に入れた催眠アプリで夢のハーレム生活を送りたい
SAIMIN APP de yumeno HAREM seikatsu
催眠アプリで
ヤりたい放題!?
催眠アプリで夢のハーレムを築くはずだったのに……「なんでヒロイン全員トラブルを抱えているんだよ!?」自称クズな主人公がエッチなご褒美目当てで人助けに大奔走!?　催眠×ハーレムラブコメ!
スニーカー文庫

きみの紡ぐ物語で
世界を変えよう。
第30回
スニーカー大賞
作品募集中！
大賞 300万円
+コミカライズ確約
金賞 100万円
銀賞 50万円
特別賞 10万円
締切必達！
前期締切
2024年3月末日
後期締切
2024年9月末日
詳細は
ザスニWEBへ
https://kdq.jp/s-award
イラスト／カカオ・ランタン